徐志摩诗全集（珍藏版）

徐志摩 著

应急管理出版社
·北 京·

图书在版编目（CIP）数据

徐志摩诗全集：珍藏版／徐志摩著．--北京：应急管理出版社，2022

ISBN 978－7－5020－9044－9

Ⅰ．①徐…　Ⅱ．①徐…　Ⅲ．①诗集—中国—现代　Ⅳ．①I226

中国版本图书馆 CIP 数据核字(2022)第 129779 号

徐志摩诗全集　珍藏版

著　　者　徐志摩
责任编辑　姜　婷
封面设计　浪　殿

出版发行　应急管理出版社（北京市朝阳区芍药居 35 号　100029）
电　　话　010－84657898（总编室）　010－84657880（读者服务部）
网　　址　www. cciph. com. cn
印　　刷　三河市兴达印务有限公司
经　　销　全国新华书店

开　　本　710mm×1000mm 1/16　**印张**　19　**字数**　155 千字
版　　次　2022 年 9 月第 1 版　2022 年 9 月第 1 次印刷
社内编号　20220991　**定价**　48.00 元

序一

一种天教歌唱的鸟

徐志摩

在诗集子前面说话不是一件容易讨好的事。说得近于夸张了自己面上说不过去，过分谦恭又似乎对不起读者。最甘脆的办法是什么话也不提，好歹让诗篇它们自身去承当。但书店不肯同意；他们说如其作者不来几句序言书店做广告就无从着笔。作者对于生意是完全外行，但他至少也知道书卖得好不仅是书店有利益；他自己的版税也跟着像样；所以书店的意思，他是不能不尊敬的。事实上我已经费了三个晚上，想写一篇可以帮助广告的序。可是不相干，一行行写下来只是仍旧给涂掉，稿纸糟蹋了不少张，诗集的序终究还是写不成。

况且写诗人一提起写诗他就不由得伤心。世界上再没有比写诗更惨的事；不但惨，而且寒伧。就说一件事，我是天生不长髭须的，但为了一些破烂的句子，就我也不知曾经捻断了多少根想像的长须！

这姑且不去说它。我记得我印第二集诗的时候曾经表示过此后不再写诗一类的话。现在如何又来了一集，虽则转眼间四个年头已经过去。就算这些诗全是这四年内写的，（实在有几首要早到十三年份）每年平均也只得十首，一个月还派不到一首，况且又多是短短一橛的。诗固然不能论长短，如同 Whistler[1] 说画幅是不能用田亩来丈量的。但事实是咱们这年头一口气总是透不长——诗永远是小诗，戏永远是独幕，小说永远是短篇。每回我望到莎士比亚的戏，丹丁[2]的神曲，歌德的浮士德一类作品比方说，我就不由的感到气馁，觉得我们即使有一些声音，那声音是微细得随时可以用一个小姆指给掐死的。天呀！那天我们才可以在创作里看到使人起敬的东西？那天我们这些细嗓子才可以豁免混充大花脸的急涨的苦恼？

说到我自己的写诗，那是再没有更意外的事了。我查过我的家谱，从永

① Whistler，James Whistler，詹姆斯·惠斯勒（1834—1903），美国画家，长期居住于伦敦。

② 丹丁，Dante Alighieri，现通译为但丁（1265—1321），意大利著名诗人。

乐以来我们家里没有写过一行可供传诵的诗句。在二十四岁以前我对于诗的兴味远不如我对于相对论或民约论的兴味。我父亲送我出洋留学是要我将来进“金融界”的，我自己最高的野心是想做一个中国的Hamilton①！在二十四岁以前，诗，不论新旧，于我是完全没有相干。我这样一个人如果真会成为一个诗人——那还有什么话说？

但生命的把戏是不可思议的！我们都是受支配的善良的生灵，那件事我们作得了主？整十年前我吹着了一阵奇异的风，也许照着了什么奇异的月色，从此起我的思想就倾向于分行的抒写。一份深刻的忧郁占定了我；这忧郁，我信，竟于渐渐的潜化了我的气质。

话虽如此，我的尘俗的成分并没有甘心退让过；诗灵的稀小的翅膀，尽他们在那里腾扑，还是没有力量带了这整份的累坠往天外飞的。且不说诗化生活一类的理想那是谈何容易实现，就说平常在实际生活的压迫中偶尔挣出八行十二行的诗句都是够艰难的。尤其是最近几年，有时候自己想着了都害怕：日子悠悠的过去内心竟可以一无消息，不透一点亮，不见丝纹的动。我常常疑心这一次是真的干了完了的。如同契玦腊②的一身美是问神道通融得来限定日子要交还的，我也时常疑虑到我这些写诗的日子也是什么神道因为怜悯我的愚蠢暂时借给我享用的非分的奢侈。我希望他们可怜一个人可怜到底！

一眨眼十年已经过去。诗虽则连续的写，自信还是薄弱到极点。“写是这样写下了，”我常自己想，“但准知道这就能算是诗吗？”就经验说，从一点意思的晃动到一篇诗的完成，这中间几乎没有一次不经过唐僧取经似的苦难的。诗不仅是一种分娩，它并且往往是难产！这份甘苦是只有当事人自己知道。一个诗人，到了修养极高的境界，如同泰谷尔③先生比方说，也许可以一张口就有精圆的珠子吐出来，这事实上我亲眼见过来的不打谎，但像我这样既无天才又少修养的人如何说得上？

只有一个时期我的诗情真有些像是山洪暴发，不分方向的乱冲。那就是我最早写诗那半年，生命受了一种伟大力量的震撼，什么半成熟的未成熟的意念都在指顾间散作缤纷的花雨。我那时是绝无依傍，也不知顾虑，心头有什么郁积，就付托腕底胡乱给爬梳了去，救命似的迫切，那还顾得了什么美

① Hamilton，Alexander Hamilton，亚历山大·汉密尔顿（1757—1804），美国开国元勋，政治家。

② 契玦腊，现通译为齐德拉，泰戈尔诗剧《齐德拉》中的女主人公。

③ 泰谷尔，现通译为泰戈尔（1861—1941），印度诗人。

丑！我在短时期内写了很多，但几乎全部都是见不得人面的。这是一个教训。

我的第一集诗——《志摩的诗》——是我十一年[1]回国后两年内写的；在这集子里初期的汹涌性虽已消减，但大部分还是情感的无关阑的泛滥，什么诗的艺术或技巧都谈不到。这问题一直要到民国十五年我和一多今甫一群朋友在《晨报副镌》刊行《诗刊》时方才开始讨论到。一多不仅是诗人，他也是最有兴味探讨诗的理论和艺术的一个人。我想这五六年来我们几个写诗的朋友多少都受到《死水》的作者的影响。我的笔本来是最不受羁勒的一匹野马，看到了一多的谨严的作品我方才憬悟到我自己的野性；但我素性的落拓始终不容我追随一多他们在诗的理论方面下过任何细密的工夫。

我的第二集诗——《翡冷翠的一夜》——可以说是我的生活上的又一个较大的波折的留痕。我把诗稿送给一多看，他回信说"这比'志摩的诗'确乎是进步了——一个绝大的进步"。他的好话我是最愿意听的，但我在诗的"技巧"方面还是那楞生生的丝毫没有把握。

最近这几年生活不仅是极平凡，简直是到了枯窘的深处。跟着诗的产量也尽"向瘦小里耗"。要不是去年在中大认识了梦家和玮德两个年青的诗人，他们对于诗的热情在无形中又鼓动了我奄奄的诗心，第二次又印《诗刊》，我对于诗的兴味，我信，竟可以销沈到几于完全没有。今年在六个月内在上海与北京间来回奔波了八次，遭了母丧，又有别的不少烦心的事，人是疲乏极了的，但继续的行动与北京的风光却又在无意中摇活了我久蛰的性灵。抬起头居然又见到天了。眼睛睁开了心也跟着开始了跳动。嫩芽的青紫，劳苦社会的光与影，悲欢的图案，一切的动，一切的静，重复在我的眼前展开，有声色与有情感的世界重复为我存在；这仿佛是为了要挽救一个曾经有单纯信仰的流入怀疑的颓废，那在帷幕中隐藏着的神通又在那里栩栩的生动：显示它的博大与精微，要他认清方向，再别错走了路。

我希望这是我的一个真的复活的机会。说也奇怪，一方面虽则明知这些偶尔写下的诗句，尽是些"破破烂烂"的，万谈不到什么久长的生命，但在作者自己，总觉得写得成诗不是一件坏事，这至少证明一点性灵还在那里挣扎，还有它的一口气。我这次印行这第三集诗没有别的话说，我只要借此告慰我的朋友，让他们知道我还有一口气，还想在实际生活的重重压迫下透出一些声响来的。

你们不能更多的责备。我觉得我已是满头的血水，能不低头已算是好的。

① 指民国十一年，即公元 1922 年。

你们也不用提醒我这是什么日子；不用告诉我这遍地的灾荒，与现有的以及在隐伏中的更大的变乱，不用向我说正今天就有千万人在大水里和身子浸着，或是有千千万人在极度的饥饿中叫救命；也不用劝告我说几行有韵或无韵的诗句是救不活半条人命的；更不用指点我说我的思想是落伍或是我的韵脚是根据不合时宜的意识形态的……这些，还有别的很多，我知道，我全知道；你们一说到只是叫我难受又难受。我再没有别的话说，我只要你们记得有一种天教歌唱的鸟不到呕血不住口，它的歌里有它独自知道的别一个世界的愉快，也有它独自知道的悲哀与伤痛的鲜明；诗人也是一种痴鸟，他把他的柔软的心窝紧抵着蔷薇的花刺，口里不住的唱着星月的光辉与人类的希望，非到他的心血滴出来把白花染成大红他不住口。他的痛苦与快乐是浑成的一片。

（本文为原《猛虎集》序）

序二

他真的云游去了

陆小曼

我真是说不出的悔恨为甚么我以前老是懒得写东西。志摩不知逼我几次，要我同他写一点序，有两回他将笔墨都预备好，只叫随便涂几个字，可是我老是写不到几行，不是头晕即是心跳，只好对着他发愣，抬头望着他的嘴盼他吐出圣旨来我即可以立时的停笔。那时间他也只得笑着对我说："好了，好了，太太我真拿你没有办法，去耽着吧！回头又要头痛了。"走过来掷去了我的笔，扶了我就此耽下了，再也不想接续下去。我只能默默的无以相对，他也只得对我干笑，几次的张罗结果终成泡影。

又谁能够料到今天在你去后我才真的认真的算动笔写东西，回忆与追悔便将我的思潮模糊得无从捉摸。说也惨，这头一次的序竟成了最后的一篇，哪得叫我不一阵心酸，难道说这也是上帝早已安排定了的么？

不要说是写序我不知道应该如何落笔，压根儿我就不会写东西，虽然志摩说我的看东西的决断比谁都强，可是轮到自己动笔就抓瞎了。这也怪平时太懒的原故。志摩的东西说也惭愧多半没有读过，这一件事有时使得他很生气的。也有时偶尔看一两篇，可从来也未曾夸过他半句，不管我心里是多么的叹服，多么赞美我的摩。有时他若自读自赞的，我还要骂他臭美呢。说也奇怪要是我不喜欢的东西，只要说一句"这篇不大好"他就不肯发表。有时我问他你怪不怪我老是这样苛刻的批评你，他总说："我非但不怪你，还爱你能时常的鞭策，我不要容我有半点的'臭美'，因为只有你肯说实话，别人老是一味恭维。"话虽如此，可是有时他也怪我为甚么老是好像不稀罕他写的东西似的。

其实我也同别人一样的崇拜他，不是等他过后我才夸他，说实话他写的东西是比一般人来得俏皮。他的诗有几首真是写得像活的一样，有的字用得别提多美呢！有些神仙似的句子看了真叫人神往，叫人忘却人间有烟火气。它的体格真是高超，我真服他从甚么地方想出来的。诗是没有话说不用我赞，自有公论。散文也是一样流利，有时想学也是学不来的。但是他缺少写小说的天才，每次他老是不满意，我看了也是觉得少了点甚么似的。也不知道是甚么道理，我这一点浅薄的学识便说不出所以然来。

洵美叫我写摩的《云游》的序，我还不知道他这《云游》是几时写的呢！云游？可不是，他真的云游去了，这一本怕是他最后的诗集了，家里零碎的当然还有，可是不知够一本不。这些日因为成天的记忆他，只得不离手的看他的信同书，愈好当然愈是伤感，可叹奇才遭天妒，从此我再也见不着他的可爱的诗句了。

当初他写东西的时候，常常喜欢我在书桌边上捣乱，他说有时在逗笑的时间往往有绝妙的诗意不知不觉的驾临的，他的《巴黎的鳞爪》《自剖》都是在我的又小又乱的书桌上出产的。书房书桌我也不知给他预备过多少次，当然比我的又清又洁，可是他始终不肯独自静静的去写的。人家写东西，我知道是大半喜欢在人静更深时动笔的，他可不然，最喜欢在人多的地方，尤其是离不了我。我是一个极懒散的人，最不知道怎样收拾东西，我书桌上是乱的连手都几乎放不下的，当然他写完的东西我是轻意也不会想着给收拾好，所以他隔夜写的诗常常次晨就不见了，嘟着嘴只好怨我几声，现在想来真是难过，因为诗意偶然得来的是不轻易来的，我不知毁了他多少首美的小诗，早知他要离开我这样的匆促，我赌咒也不那样的大意的。真可恨，为甚么人们不能知道将来的一切。

我写了半天也不知道胡诌了些甚么，头早已晕了，手也发抖了，心也痛了，可是没有人来掷我的笔了。四周只是寂静，房中只闻滴答的钟声，再没有志摩的“好了，好了”的声音了。写到此地不由我阵阵的心酸，人生的变态真叫人难以捉摸，一霎眼，一皱眉，一切都可以大翻身。我再也想不到我生命道上还有这一幕悲惨的剧。人生太奇怪了。

我现在居然还有同志摩写一篇序的机会，这是我早答应过他而始终没有实行的，将来我若出甚么书是再也得不着他半个字了，虽然他也早已答应过我的。看起来还是他比我运气，我从此只成单独的了。

我再也写不下去了，没有人叫我停，我也只得自己停了。我眼前只是一阵阵的模糊，伤心的血泪充满着我的眼眶，再也分不清白纸黑墨。志摩的幽魂不知到底有一些回忆能力不？我若搁笔还不见持我的手！

三一、十二、三〇

（本文为原《云游》序）

目录

志摩的诗

翡冷翠的一夜

猛虎集

云　游

集外集

志摩的诗

我有一个恋爱

我有一个恋爱，
我爱天上的明星，
我爱它们的晶莹：——
　人间没有这异样的神明！

在冷峭的暮冬的黄昏，
在寂寞的灰色的清晨，
在海上，在风雨后的山顶：——
　永远有一颗，万颗的明星！

山涧边小草花的知心，
高楼上小孩童的欢欣，
旅行人的灯亮与南针：——
　万万里外闪烁的精灵！

我有一个破碎的魂灵，
像一堆破碎的水晶，
散布在荒野的枯草里：——
　饱啜你一瞬瞬的殷勤。

人生的冰激与柔情，
我也曾尝味，我也曾容忍；
有时阶砌下蟋蟀的秋吟：——
　引起我心伤，逼迫我泪零。

我袒露我的坦白的胸襟，
　　献爱与一天的明星；
任凭人生是幻是真，
地球存在或是消泯：——
　　大空中永远有不昧的明星！

（写于1925年8月之前。1925年8月中华书局《志摩的诗》。）

为要寻一个明星

我骑着一匹拐腿的瞎马，
　　向着黑夜里加鞭；——
　　向着黑夜里加鞭，
我跨着一匹拐腿的瞎马。

我冲入这黑绵绵的昏夜，
　　为要寻一颗明星；——
　　为要寻一颗明星，
我冲入这黑茫茫的荒野。

累坏了，累坏了我胯下的牲口，
　　那明星还不出现；——
　　那明星还不出现，
累坏了，累坏了马鞍上的身手。

这回天上透出了水晶似的光明，

　　荒野里倒着一只牲口，
　　黑夜里躺着一具尸首。——
这回天上透出了水晶似的光明！

（写于1924年11月23日。1924年12月1日《晨报六周年纪念增刊》。）

雪花的快乐

假如我是一朵雪花，
翩翩的在半空里潇洒，
　　我一定认清我的方向——
　　飞飏，飞飏，飞飏，——
这地面上有我的方向。

不去那冷寞的幽谷，
不去那凄清的山麓，
　　也不上荒街去惆怅——
　　飞飏，飞飏，飞飏，——
你看，我有我的方向！

在半空里娟娟的飞舞，
认明了那清幽的住处，
　　等着她来花园里探望——
　　飞飏，飞飏，飞飏，——
啊，她身上有朱砂梅的清香！

那时我凭借我的身轻，
盈盈的，沾住了她的衣襟，
　贴近她柔波似的心胸——
　消溶，消溶，消溶——
溶入了她柔波似的心胸！

（写于1924年12月30日。1925年1月17日《现代评论》第1卷第6期。）

哀曼殊斐儿[①]

我昨夜梦入幽谷，
　听子规在百合丛中泣血，
我昨夜梦登高峰，
　见一颗光明泪自天堕落。

古罗马的郊外有座墓园，
　静偃着百年前客殇的诗骸；
百年后海岱士[②]黑辇的车轮，
　又喧响在芳丹卜罗[③]的青林边。

说宇宙是无情的机械，
　为甚明灯似的理想闪耀在前？
说造化是真善美之表现，

① 曼殊斐儿，Katherine Mansfield，现通译为凯瑟琳·曼斯菲尔德（1888—1923），英国女作家。
② 海岱士，Hades，现译为哈得斯（亦称哈迪斯、哈帝斯、黑帝斯），古希腊神话中的冥神。
③ 芳丹卜罗，Fontainebleau，现通译为枫丹白露，法国著名景点。

为甚五彩虹不常住天边？

我与你虽仅一度相见——
但那二十分不死的时间！
谁能信你那仙姿灵态，
竟已朝露似的永别人间？

非也！生命只是个实体的幻梦：
美丽的灵魂，永承上帝的爱宠；
三十年小住，只似昙花之偶现，
泪花里我想见你笑归仙宫。

你记否伦敦约言，曼殊斐儿！
今夏再见于琴妮湖①之边；
琴妮湖永抱着白朗矶②的雪影，
此日我怅望云天，泪下点点！

我当年初临生命的消息，
梦觉似的骤感恋爱之庄严；
生命的觉悟是爱之成年，
我今又因死而感生与恋之涯沿！

同情是掼不破的纯晶，
爱是实现生命之唯一途径：
死是座伟秘的洪炉，此中
凝炼万象所从来之神明。

① 琴妮湖，Lake Geneva，现通译为日内瓦湖（法方称莱芒湖），阿尔卑斯山湖群中最大的一个。
② 白朗矶，法语为Mont Blanc，现通译为勃朗峰，阿尔卑斯山的最高峰。

我哀思焉能电花似的飞骋，
　感动你在天日遥远的灵魂？
我洒泪向风中遥送，
　问何时能戳破生死之门？

（写于1923年3月11日。1923年3月18日《努力周报》第44期。）

沙扬娜拉十八首[①]

一

我记得扶桑海上的朝阳，
　黄金似的散布在扶桑的海上；
我记得扶桑海上的群岛，
　翡翠似的浮沤在扶桑的海上——
　　沙扬娜拉！

二

趁航在轻涛间，悠悠的，
　我见有一星星古式的渔舟，
像一群无忧的海鸟，
　在黄昏的波光里息羽优游，
　　沙扬娜拉！

① 沙扬娜拉，日语“再见”的音译。

三

这是一座墓园；谁家的墓园
　占尽这山中的清风，松馨与流云？
我最不忘那美丽的墓碑与碑铭，
　墓中人生前亦有山风与松馨似的清明——
　　沙扬娜拉！（神户山中墓园）

四

听几折风前的流莺，
　看阔翅的鹰鹞穿度浮云，
我倚着一本古松瞑悻：
　问墓中人何似墓上人的清闲？——
　　沙扬娜拉！（神户山中墓园）

五

健康、欢欣、疯魔、我羡慕
　你们同声的欢呼“阿罗呀喈！”[1]
我欣幸我参与这满城的花雨，
　连翩的蛱蝶飞舞，“阿罗呀喈！”
　　沙扬娜拉！（大阪典祝）

六

增添我梦里的乐音——便如今——
　一声声的木屐、清脆、新鲜、殷勤，
又况是满街艳丽的灯影，
　灯影里欢声腾跃，“阿罗呀喈！”
　　沙扬娜拉！（大阪典祝）

① 阿罗呀喈，日语“谢谢”的音译。

七

仿佛三峡间的风流，
保津川有青嶂连绵的锦绣；
仿佛三峡间的险巇，
飞沫里趁急矢似的扁舟——
沙扬娜拉！（保津川急湍）

八

度一关湍险，驶一段清涟，
清涟里有青山的倩影；
撑定了长篙，小驻在波心，
波心里看闲适的鱼群——
沙扬娜拉！（同前）

九

静！且停那桨声胶爱，
听青林里嘹亮的欢欣，
是画眉，是知更？像是滴滴的香液，
滴入我的苦渴的心灵——
沙扬娜拉！（同前）

十

“乌塔”[①]：莫讪笑游客的疯狂，
舟人，你们享尽山水的清幽，
喝一杯“沙鸡”[②]，朋友，共醉风光，
“乌塔，乌塔！”山灵不嫌粗鲁的歌喉——

① 乌塔，日语“歌唱”的音译。
② 沙鸡，日语“酒”的音译。

沙扬娜拉！（同前）

十一

我不辨——辨亦无须——这异样的歌词，

像不逞的波澜在岩窟间吽嘶，

像衰老的武士诉说壮年时的身世，

“乌塔乌塔！”我满怀滟滟的遐思——

沙扬娜拉！（同前）

十二

那是杜鹃！她绣一条锦带，

迤逦着那青山的青麓；

啊，那碧波里亦有她的芳躅，

碧波里掩映着她桃蕊似的娇怯——

沙扬娜拉！（同前）

十三

但供给我沉酣的陶醉，

不仅是杜鹃花的幽芳；

倍胜于娇柔的杜鹃，

最难忘更娇柔的女郎！

沙扬拉娜！

十四

我爱慕她们体态的轻盈，

妩媚是天生，妩媚是天生！

我爱慕她们颜色的调匀，

蝴蝶似的光艳，蛱蝶似的轻盈——

沙扬娜拉！

十五

不辜负造化主的匠心，
　她们流眄中有无限的殷勤；
比如薰风与花香似的自由，
　我餐不尽她们的笑靥与柔情——
　　沙扬娜拉！

十六

我是一只幽谷里的夜蝶：
　在草丛间成形，在黑暗里飞行，
我献致我翅羽上美丽的金粉，
　我爱恋万万里外闪亮的明星——
　　沙扬娜拉！

十七

我是一只酣醉了的花蜂：
　我饱啜了芬芳，我不讳我的猖狂。
如今，在归途上嘤嗡着我的小嗓，
　想赞美那别样的花酿，我曾经恣尝——
　　沙扬娜拉！

十八

最是那一低头的温柔，
　像一朵水莲花不胜凉风的娇羞，
道一声珍重，道一声珍重，
　那一声珍重里有蜜甜的忧愁——
　　沙扬娜拉！

（写于1924年5—6月随泰戈尔访日期间。1925年8月中华书局《志摩的诗》。）

康桥再会罢①

康桥，再会罢；
我心头盛满了别离的情绪，
你是我难得的知己，我当年
辞别家乡父母，登太平洋去，
（算来一秋二秋，已过了四度春秋，浪迹在
海外，美土欧洲）
扶桑风色，檀香山芭蕉况味，
平波大海，开拓我心胸神意，
如今都变了梦里的山河，
渺茫明灭，在我灵府的底里；
我母亲临别的泪痕，她弱手
向波轮远去送爱儿的巾色，
海风咸味，海鸟依恋的雅意，
尽是我记忆的珍藏，我每次
摩按，总不免心酸泪落，便想
理箧归家，重向母怀中匐伏，
回复我天伦挚爱的幸福；
我每想人生多少跋涉劳苦，
多少牺牲，都只是枉费无补，
我四载奔波，称名求学，毕竟
在知识道上，采得几茎花草，
在真理山中，爬上几个峰腰，
钧天妙乐，曾否闻得，彩红色，

① 康桥，Cambridge，现通译为剑桥，剑河之桥。

可仍记得？——但我如何能回答？
我但自喜楼高车快的文明，
不曾将我的心灵污抹，今日
我对此古风古色，桥影藻密，
依然能坦胸相见，惺惺惜别。

康桥，再会罢！
你我相知虽迟，然这一年中
我心灵革命的怒潮，尽冲泻
在你妩媚河身的两岸，此后
清风明月夜，当照见我情热
狂溢的旧痕，尚留草底桥边，
明年燕子归来，当记我幽叹
音节，歌吟声息，缦烂的云纹
霞彩，应反映我的思想情感，
此日撒向天空的恋意诗心，
赞颂穆静腾辉的晚景，清晨
富丽的温柔；听！那和缓的钟声
解释了新秋凉绪，旅人别意，
我精魂腾跃，满想化入音波，
震天彻地，弥盖我爱的康桥，
如慈母之于睡儿，缓抱软吻；
康桥！汝永为我精神依恋之乡！
此去身虽万里，梦魂必常绕
汝左右，任地中海疾风东指，
我亦必纡道西回，瞻望颜色；
归家后我母若问海外交好，
我必首数康桥；在温清冬夜
腊梅前，再细辨此日相与况味；

设如我星明有福，素愿竟酬，
则来春花香时节，当复西航，
重来此地，再捡起诗针诗线，
绣我理想生命的鲜花，实现
年来梦境缠绵的销魂踪迹，
散香柔韵节，增媚河上风流；
故我别意虽深，我愿望亦密，
昨宵明月照林，我已向倾吐
心胸的蕴积，今晨雨色凄清，
小鸟无欢，难道也为是怅别
情深，累藤长草茂，涕泪交零！

康桥！山中有黄金，天上有明星，
人生至宝是情爱交感，即使
山中金尽，天上星散，同情还
永远是宇宙间不尽的黄金，
不昧的明星；赖你和悦宁静
的环境，和圣洁欢乐的光阴，
我心我智，方始经爬梳洗涤，
灵苗随春草怒生，沐日月光辉，
听自然音乐，哺啜古今不朽
——强半汝亲栽育——的文艺精英：
恍登万丈高峰，猛回头惊见
真善美浩瀚的光华，覆翼在
人道蠕动的下界，朗然照出
生命的经纬脉络，血赤金黄，
尽是爱主恋神的辛勤手绩；
康桥！你岂非是我生命的泉源？
你惠我珍品，数不胜数；最难忘

骞士德顿桥下的星磷坝乐，
弹舞殷勤，我常夜半凭阑干，
倾听牧地黑野中倦牛夜嚼，
水草间鱼跃虫嗤，轻挑静寞；
难忘春阳晚照，泼翻一海纯金，
淹没了寺塔钟楼，长垣短堞，
千百家屋顶烟突，白水青田，
难忘茂林中老树纵横；巨干上
黛薄荼青，却教斜刺的朝霞，
抹上些微胭脂春意，忸怩神色；
难忘七月的黄昏，远树凝寂，
像墨泼的山形，衬出轻柔瞑色，
密稠稠，七分鹅黄，三分桔绿，
那妙意只可去秋梦边缘捕捉；
难忘榆荫中深宵清啭的诗禽，
一腔情热，教玫瑰噙泪点首，
满天星环舞幽吟，款住远近
浪漫的梦魂，深深迷恋香境；
难忘村里姑娘的腮红颈白；
难忘屏绣康河的垂柳婆娑，
婀娜的克莱亚[1]，硕美的校友居；
——但我如何能尽数，总之此地
人天妙合，虽微如寸芥残垣，
亦不乏纯美精神；流贯其间，
而此精神，正如宛次宛士[2]所谓
“通我血液，浃我心脏”，有“镇驯

① 克莱亚，即英国剑桥大学的clare学院。

② 宛次宛士，William Wordsworth，现通译为威廉·华兹华斯（1770—1850），英国浪漫主义诗人。

矫饬之功”；我此去虽归乡土，
而临行怫怫，转若离家赴远；
康桥！我故里闻此，能弗怨汝
僭爱，然我自有说言代汝答付；
我今去了，记好明春新杨梅
上市时节，盼我含笑归来，
再见罢，我爱的康桥！

（写于1922年8月10日离英前夕。1923年3月12日《时事新报·学灯》。）

地中海

海呀！你宏大幽秘的音息，不是无因而来的！
　这风稳日丽，也不是无因而然的！
这些进行不歇的波浪，唤起了思想同情的反应——涨，
　落——隐，现——去，来……
无量数的浪花，各各不同，各有奇趣的花样，——
　一树上没有两张相同的叶片，
　天上没有两朵相同的云彩。
地中海呀！你是欧洲文明最老的见证！
魔大的帝国，曾经一再笼卷你的两岸；
霸业的命运，曾经再三在你酥胸上定夺；
无数的帝王、英雄、诗人、僧侣、寇盗、商贾，曾经在你
　怀抱中得意，失志，灭亡；
无数的财货、牲畜、人命、舰队、商船、渔艇，曾经沉入
　你无底的渊壑；

无数的朝彩晚霞，星光月色，血腥，血糜，曾经浸染涂糁
　　你的面庞；
无数的风涛、雷电、炮声、潜艇，曾经扰乱你平安的居处；
屈洛安城焚的火光，阿脱洛庵家的惨剧，
沙伦女的歌声，迦太基奴女被掳过海的哭声，
维雪维亚炸裂的彩色，
尼罗河口，铁拉法尔加唱凯的歌音……
都曾经供你耳目刹那的欢娱。
历史来，历史去；
　埃及、波斯、希腊、马其顿、罗马、西班牙——
　至多也不过抵你一缕浪花的涨歇，一茎春花的开落！但
　　是你呢——
　依旧冲洗着欧非亚的海岸，
　依旧保存着你青年的颜色，
　（时间不曾在你面上留痕迹。）
　依旧继续着你自在无挂的涨落，
　依旧呼啸着你厌世的骚愁，
　依旧翻新着你浪花的样式，——
这孤零零地神秘伟大的地中海呀！

（写于1922年8月从英国归国途中。1922年12月24日《努力周报》第34期。）

默　境

我友，记否那西山的黄昏，
钝氲里透出的紫霭红晕，

漠沉沉，黄沙弥望，恨不能
登山顶，饱餐西陲的菁英，
全仗你吊古殷勤，趋别院，
度边门，惊起了卧犬狰狞。
墓庭的光景，却别是一味
苍凉，别是一番苍凉境地：
我手剔生苔碑碣，看冢里
僧骸是何年何代，你轻踹
生苔庭砖，细数松针几枚；
不期间彼此缄默的相对。
僵立在寂静的墓庭墙外，
同化于自然的宁静，默辨
静里深蕴着普遍的义韵；
我注目在墙畔一穗枯草，
听邻庵经声，听风抱树梢，
听落叶，冻乌零落的音调，
心定如不波的湖，却又教
连珠似的潜思泛破，神凝
如千年僧骸的尘埃，却又
被静的底里的热焰熏点；

我友，感否这柔韧的静里，
蕴有钢似的迷力，满充着
悲哀的况味，阐悟的几微，
此中不分春秋，不辨古今，
生命即寂灭，寂灭即生命，
在这无终始的洪流之中，
难得素心人悄然共游泳；
纵使阐不透这凄伟的静，

我也怀抱了这静中涵濡，
温柔的心灵；我便化野鸟
飞去，翅羽上也永远染了
欢欣的光明，我便向深山
去隐，也难忘你游目云天，
游神象外的 Transfiguration[1]。

我友！知否你妙目——漆黑的
圆睛——放射的神辉，照彻了
我灵府的奥隐，恍如昏夜
行旅，骤得了明灯，刹那间
周遭转换，涌现了无量数
理想的楼台，更不见墓园
风色，再不闻衰冬吁喟，但
见玫瑰丛中，青春的舞蹈
与欢容，只闻歌颂青春的
谐乐与欢悰；——
轻捷的步履，
你永向前领，欢乐的光明，
你永向前引：我是个崇拜
青春、欢乐与光明的灵魂。

十二月八日与KY及SP同游西山灵寺僧家，时暮霭已苍，风籁噤寂，抚摩碑碣，仰看长松，彼此忽不期缄默，游神有顷，此中消息，非亲身经历者，孰能领会，因作长句，以问我友焉。徐志摩附识。

（1923年4月20日《时事新报·学灯》。）

① Transfiguration，“变形”和“容光焕发”的意思。

希望的埋葬

希望，只如今……
如今只剩些遗骸——
可怜，我的心……
却教我如何埋掩？

希望，我抚摩着
你惨变的创伤；
在这冷默的冬夜——
谁与我商量埋葬？

埋你在秋林之中，
幽涧之边，你愿否？
朝餐泉乐的琤琮，
暮偎着松茵香柔。

我收拾一筐的红叶，
露凋秋伤的枫叶，
铺盖在你新坟之上——
长眠着美丽的希望！

我唱一支惨淡的歌，
与秋林的秋声相和；
滴滴凉露似的清泪，
洒遍了清冷的新墓！

我手抱你冷残的衣裳，
凄怀你生前的经过——
一个遭不幸的爱母，
回想一场抚养的辛苦！

我又舍不得将你埋葬，
希望，我的生命与光明——
像那个情疯了的公主（注）
紧搂住她爱人的冷尸。

梦境似惝恍迷离，
毕竟是谁存谁亡？
是谁在悲唱，希望！
你，我，是谁替谁埋葬？

“美是人间不死的光芒”，
不论是生命，或是希望！
便冷骸也发生命的神光，
何必问秋林红叶去埋葬？

（注）D'Annunzio's Dream of Autumn Morning[1]

十二年一月二十四日

（写于1923年1月24日。1923年1月28日《努力周报》第39期。）

[1] D'Annunzio，意大利诗人邓南遮（又译丹农雪乌）。Dream of Autumn Morning是其作品的英译名。

一小幅的穷乐图

巷口一大堆新倒的垃圾，
大概是红漆门里倒出来的垃圾，
其中不尽是灰，还有烧不烬的煤，
不尽是残骨，也许骨中有髓，
骨坳里还黏着一丝半缕的肉片，
还有半烂的布条，不破的报纸，
两三梗取灯儿，一半枝的残烟；

这垃圾堆好比是个金山，
山上满偻着寻求黄金者，
一队的褴褛，破烂的布裤蓝袄，
一个两个数不清高掬的臀腰，
有小女孩，有中年妇，有老婆婆，
一手挽着筐子，一手拿着树条，
深深的弯着腰，不咳嗽，不唠叨，
也不争闹，只是向灰堆里寻捞，
向前捞捞，向后捞捞，两边捞捞，
肩挨肩儿，头对头儿，拨拨挑挑，
老婆婆捡了一块布条，上好一块布条！
有人专捡煤渣，满地多的煤渣，
妈呀，一个女孩叫道，我捡了一块鲜肉骨头，
　回头熬老豆腐吃，好不好？

一队的褴褛，好比个走马灯儿，
转了过来，又转了过去，又过来了，
有中年妇，有女孩小，有婆婆老，

还有夹在人堆里趁热闹的黄狗几条。

（写于1923年2月6日。1923年2月14日《晨报副刊》。）

月下待杜鹃不来

看一回凝静的桥影，
数一数螺钿的波纹，
我倚暖了石栏的青苔，
青苔凉透了我的心坎；

月儿，你休学新娘羞，
把锦被掩盖你光艳首，
你昨宵也在此勾留，
可听她允许今夜来否？

听远村寺塔的钟声，
像梦里的轻涛吐复收，
省心海念潮的涨歇，
依稀漂泊踉跄的孤舟；

水粼粼，夜冥冥，思悠悠，
何处是我恋的多情友；
风飕飕，柳飘飘，榆钱斗斗，
令人长忆伤春的歌喉。

（1923年3月29日《时事新报·学灯》。）

破　庙

慌张的急雨将我
赶入了黑丛丛的山坳，
迫近我头顶在腾拿，
恶狠狠的乌龙巨爪；
枣树兀兀地隐蔽着
一座静悄悄的破庙，
我满身的雨点雨块，
躲进了昏沉沉的破庙；

雷雨越发来得大了；
霍隆隆半天里霹雳，
豁喇喇林叶树根苗，
山谷山石，一齐怒号，
千万条的金剪金蛇，
飞入阴森森的破庙，
我浑身战抖，趁电光
估量这冷冰冰的破庙；

我禁不住大声喊叫；
电光火把似的照耀，
照出我身旁神龛里
一个青面狞笑的神道，
电光去了，霹雳又到，
不见了狞笑的神道，
硬雨石块似的倒泻——
我独身藏躲在破庙；

千年万年应该过了！
只觉得浑身的毛窍，
只听得骇人声怪叫，
只记得那凶恶的神道，
忘记了我现在的破庙；
好容易雨收了，雷休了，
血红的太阳，满天照耀，
照出一个我，一座破庙！

（1923 年 6 月 11 日《晨报·文学旬刊》。）

一个祈祷

请听我悲哽的声音，祈求于我爱的神：
人间哪一个的身上，不带些儿创与伤！
哪有高洁的灵魂，不经地狱，便登天堂：
我是肉薄过刀山，炮烙，闯度了奈何桥，
方有今日这颗赤裸裸的心，自由高傲！

这颗赤裸裸的心，请收了罢，我的爱神！
因为除了你更无人，给他温慰与生命，
否则，你就将他磨成齑粉，散入西天云，
但他精诚的颜色，却永远点染你春朝的
新思，秋夜的梦境；怜悯罢，我的爱神！

（写于 1923 年 6 月。1923 年 7 月 1 日《晨报·文学旬刊》。）

一家古怪的店铺

有一家古怪的店铺，
隐藏在那荒山的坡下；
我们村里白发的公婆，
也不知他们何时起家。

相隔一条大河，船筏难渡；
有时青林里袅起髻螺，
在夏秋间明净的晨暮——
料是他家工作的烟雾。

有时在寂静的深夜，
狗吠隐约炉捶的声响，
我们忠厚的更夫常见
对河山脚下火光上飏。

是种田钩镰，是马蹄铁鞋，
是金银妙件，还是杀人凶械？
何以永恋此林山，荒野，
神秘的捶工呀，深隐难见？

这是家古怪的店铺，
隐藏在荒山的坡下；
我们村里白发的公婆，
也不知他们何时起家。

（写于 1923 年 7 月 7 日。1923 年 7 月 11 日《晨报·文学旬刊》。）

石虎胡同七号

我们的小园庭，有时荡漾着无限温柔；
善笑的藤娘，袒酥怀任团团的柿掌绸缪，
百尺的槐翁，在微风中俯身将棠姑抱搂，
黄狗在篱边，守候睡熟的珀儿，它的小友，
小雀儿新制求婚的艳曲，在媚唱无休——
我们的小园庭，有时荡漾着无限温柔。

我们的小园庭，有时淡描着依稀的梦景；
雨过的苍茫与满庭荫绿，织成无声幽冥，
小蛙独坐在残兰的胸前，听隔院蚓鸣，
一片化不尽的雨云，倦展在老槐树顶，
掠檐前作圆形的舞旋，是蝙蝠，还是蜻蜓？——
我们的小园庭，有时淡描着依稀的梦景。

我们的小园庭，有时轻喟着一声奈何；
奈何在暴雨时，雨槌下捣烂鲜红无数，
奈何在新秋时，未凋的青叶惆怅地辞树，
奈何在深夜里，月儿乘云艇归去，西墙已度，
远巷薤露的乐音，一阵阵被冷风吹过——
我们的小园庭，有时轻喟着一声奈何。

我们的小园庭，有时沉浸在快乐之中；
雨后的黄昏，满院只美荫，清香与凉风，
大量的蹇翁，巨樽在手，蹇足直指天空，
一斤，两斤，杯底喝尽，满怀酒欢，满面酒红，

连珠的笑响中，浮沉着神仙似的酒翁——
我们的小园庭，有时沉浸在快乐之中。

（写于1923年7月。1923年8月6日《文学周报》第82期。）

月下雷峰影片

我送你一个雷峰塔影，
　满天稠密的黑云与白云；
我送你一个雷峰塔顶，
　明月泻影在眠熟的波心。

深深的黑夜，依依的塔影，
　团团的月彩，纤纤的波鳞——
假如你我荡一支无遮的小艇，
　假如你我创一个完全的梦境！

（写于1923年9月26日。1925年8月中华书局《志摩的诗》。）

雷峰塔（杭白）

那首是白娘娘的古墓
（划船的手指着野草深处）；
客人，你知道西湖上的佳话，
白娘娘是个多情的妖魔。

她为了多情，反而受苦，
爱了个没出息的许仙，她的情夫；
他听信了一个和尚，一时的糊涂，
拿一个钵盂，把他妻子的原形罩住。

到如今已有千百年的光景，
可怜她被镇压在雷峰塔底，——
一座残败的古塔，凄凉地，
庄严地，独自在南屏的晚钟声里！

（写于 1923 年 9 月。1923 年 10 月 12 日《晨报·文学旬刊》。）

灰色的人生

我想——我想开放我的宽阔的粗暴的嗓音，唱一支野蛮的
　大胆的骇人的新歌；
我想拉破我的袍服，我的整齐的袍服，露出我的胸膛，肚腹，

肋骨与筋络；
我想放散我一头的长发，像一个游方僧似的散披着一头的乱发；
我也想跣我的脚，跣我的脚，在巉牙似的道上，快活地，无畏地走着。

我要调谐我的嗓音，傲慢的，粗暴的，唱一阕荒唐的，摧残的，弥漫的歌调；
我伸出我的巨大的手掌，向着天与地，海与山，无餍地求讨，寻捞；
我一把揪住了西北风，问它要落叶的颜色，
我一把揪住了东南风，问它要嫩芽的光泽；
我蹲身在大海的边旁，倾听它的伟大的酣睡的声浪；
我捉住了落日的彩霞，远山的露霭，秋月的明辉，散放在我的发上，胸前，袖里，脚底……

我只是狂喜地大踏步地向前——向前——口唱着暴烈的，粗伧的，不成章的歌调；
来，我邀你们到海边去，听风涛震撼大空的声调；
来，我邀你们到山中去，听一柄利斧斫伐老树的清音；
来，我邀你们到密室里去，听残废的，寂寞的灵魂的呻吟；
来，我邀你们到云霄外去，听古怪的大鸟孤独的悲鸣；
来，我邀你们到民间去，听衰老的，病痛的，贫苦的，残毁的，受压迫的，烦闷的，奴服的，懦怯的，丑陋的，罪恶的，自杀的，——和着深秋的风声与雨声——合唱的“灰色的人生”！

（写于1923年10月12日。1923年10月21日《努力周报》第75期。）

常州天宁寺闻礼忏声

有如在火一般可爱的阳光里，偃卧在长梗的，杂乱的丛草里，听初夏第一声的鹧鸪，从天边直响入云中，从云中又回响到天边；

有如在月夜的沙漠里，月光温柔的手指，轻轻的抚摩着一颗颗热伤了的砂砾，在鹅绒般软滑的热带的空气里，听一个骆驼的铃声，轻灵的，轻灵的，在远处响着，近了，近了，又远了……

有如在一个荒凉的山谷里，大胆的黄昏星，独自临照着阳光死去了的宇宙，野草与野树默默的祈祷着，听一个瞎子，手扶着一个幼童，铛的一响算命锣，在这黑沉沉的世界里回响着；

有如在大海里的一块礁石上，浪涛像猛虎般的狂扑着，天空紧紧的绷着黑云的厚幕，听大海向那威吓着的风暴，低声的，柔声的，忏悔它一切的罪恶；

有如在喜马拉雅的顶巅，听天外的风，追赶着天外的云的急步声，在无数雪亮的山壑间回响着；

有如在生命的舞台的幕背，听空虚的笑声，失望与痛苦的呼吁声，残杀与淫暴的狂欢声，厌世与自杀的高歌声，在生命的舞台上合奏着。

我听着了天宁寺的礼忏声！

这是哪里来的神明？人间再没有这样的境界！

这鼓一声，钟一声，磬一声，木鱼一声，佛号一声……乐音在大殿里，迂缓的，曼长的回荡着，无数冲突的波流谐合了，无数相反的色彩净化了，无数现世的高低消灭了……
这一声佛号，一声钟，一声鼓，一声木鱼，一声磬，谐音盘礴在宇宙间——解开一小颗时间的埃尘，收束了无量数世纪的因果；

这是哪里来的大和谐——星海里的光彩，大千世界的音籁，真生命的洪流：止息了一切的动，一切的扰攘；
在天地的尽头，在金漆的殿椽间，在佛像的眉宇间，在我的衣袖里，在耳鬓边，在官感里，在心灵里，在梦里……

在梦里，这一瞥间的显示，青天，白水，绿草，慈母温软的胸怀，是故乡吗？是故乡吗？

光明的翅羽，在无极中飞舞！
大圆觉底里流出的欢喜，在伟大的，庄严的，寂灭的，无疆的，和谐的静定中实现了！
颂美呀，涅槃！赞美呀，涅槃！

（写于1923年10月。1923年11月11日《晨报·文学旬刊》。）

沪杭车中

　　匆匆匆！催催催！
一卷烟，一片山，几点云影，
一道水，一条桥，一支橹声，
一林松，一丛竹，红叶纷纷；

　艳色的田野，艳色的秋景，
梦境似的分明，模糊，消隐——
　催催催！是车轮还是光阴？
催老了秋容，催老了人生！

（写于1923年10月30日。1923年11月10日《小说月报》第14卷第11号。）

先生！先生！

钢丝的车轮
在偏僻的小巷内飞奔——
“先生，我给先生请安您哪，先生。”

迎面一蹲身，
一个单布褂的女孩颤动着呼声——
雪白的车轮在冰冷的北风里飞奔。

紧紧的跟，紧紧的跟，
破烂的孩子追赶着铄亮的车轮——
“先生，可怜我一大吧，善心的先生！”

“可怜我的妈，
她又饿又冻又病，躺在道儿边直呻——
您修好，赏给我们一顿窝窝头，您哪，先生！”

“没有带子儿。”
坐车的先生说，车里戴大皮帽的先生——
飞奔，急转的双轮，紧追，小孩的呼声。

一路旋风似的土尘，
土尘里飞转着银晃晃的车轮——
“先生，可是您出门不能不带钱您哪，先生。”

“先生！……先生！”
紫涨的小孩，气喘着，断续的呼声——
飞奔，飞奔，橡皮的车轮不住的飞奔。

飞奔……先生……
飞奔……先生……
先生……先生……先生……

（写于1923年11月。1923年12月11日《晨报·文学旬刊》第20号。）

盖上几张油纸

一片，一片，半空里
　掉下雪片；
有一个妇人，有一个妇人，
　独坐在阶沿。

虎虎的，虎虎的，风响
　在树林间；
有一个妇人，有一个妇人，
　独自在哽咽。

为什么伤心，妇人，
　这大冷的雪天？
为什么啼哭，莫非是
　失掉了钗钿？

不是的，先生，不是的，
　不是为钗钿；
也是的，也是的，我不见了
　我的心恋。

那边松林里，山脚下，先生，
　有一只小木箧，
装着我的宝贝，我的心，
　三岁儿的嫩骨！

昨夜我梦见我的儿
　叫一声“娘呀——
天冷了，天冷了，天冷了，
　儿的亲娘呀！”

今天果然下大雪，屋檐前
　望得见冰条，
我在冷冰冰的被窝里摸——
　摸我的宝宝。

方才我买来几张油纸，
　盖在儿的床上；
我唤不醒我熟睡的儿——
　我因此心伤。

一片，一片，半空里
　掉下雪片；
有一个妇人，有一个妇人，
　独坐在阶沿。

虎虎的，虎虎的，风响
　在树林间；
有一个妇人，有一个妇人，
　独自在哽咽。

（写于1924年1月26日。1924年11月25日《晨报·文学旬刊》第54号。）

叫化活该

“行善的大姑，修好的爷，”
　西北风尖刀似的猛刺着他的脸，
“赏给我一点你们吃剩的油水吧！”
　一团模糊的黑影，捱紧在大门边。

“可怜我快饿死了，发财的爷，”
　大门内有欢笑，有红炉，有玉杯；
“可怜我快冻死了，有福的爷，”
　大门外西北风笑说，“叫化活该！”

我也是战栗的黑影一堆，
　蠕伏在人道的前街；
我也只要一些同情的温暖，
　遮掩我的剐残的余骸——

但这沉沉的紧闭的大门：谁来理睬；
街道上只冷风的嘲讽，“叫化活该！”

（写于1923年冬。1924年12月1日《晨报六周年纪念增刊》。）

东山小曲

一

早上——太阳在山坡上笑，
　　　　太阳在山坡上叫：——
　看羊的，你来吧，
　　这里有粉嫩的草，鲜甜的料，
　　好把你的老山羊，小山羊，喂个滚饱；
　小孩们你们也来吧，
　　这里有大树，有石洞，有蚱蜢，有小鸟，
　　快来捉一会盲藏，豁一阵虎跳。

二

中上——太阳在山腰里笑，
　　　　太阳在山坳里叫：——
　游山的你们来吧，
　　这里来望望天，望望田，消消遣，
　　忘记你的心事，丢掉你的烦恼；
　叫化子们你们也来吧，
　　这里来偎火热的太阳，胜如一件棉袄，
　　还有香客的布施，岂不是妙，岂不是好。

三

晚上——太阳已经躲好，
　　　　太阳已经去了：——
　野鬼们你们来吧，
　　黑巍巍的星光，照着冷清清的庙，

树林里有只猫头鹰，半天里有只九头鸟；
来吧，来吧，一齐来吧，
撞开你的顶头板，唱起你的追魂调，
那边来了个和尚，快去要他一个灵魂出窍！

（写于1924年1月20日。1924年2月10日《小说月报》第15卷第2号。）

一条金色的光痕（硖石土白）

这几天冷了，我们祠堂门前的那条小港里也浮着薄冰，今天下午想望久了的雪也开始下了，方才有几位友人在这喝酒，虽则眼前的山景还不曾著色，也算是“赏雪”了，白炉里的白煤也烧旺了，屋子里暖融融的自然的有了一种雪天特有的风味。我在窗口望着半掩在烟雾里山林，只盼这“祥瑞的”雪花：

Lazily and incessantly floating down and down：
Silently sifting and veiling road，roaf and railing；
Hiding difference，making unevenness even，
Into angles and crevices softly drifting and sailing.
Making unevenness even！

可爱的白雪，你能填平地面上的不平，但人间的不平呢？我忽然想起我娘告诉我的一件实事，连带的引起了异常的感想。汤麦士哈代[1]吹了一辈子厌世的悲调；但是一只冬雀的狂喜的放歌，在一个大冷天的最凄凉的境地里，竟使这位厌世的诗翁也有一次怀疑，他自己的厌世观，也有一次疑问这绝望的前途也许还闪耀着一点救度的光明。

① 汤麦士哈代，Thomas Hardy，现通译为托马斯·哈代（1840—1928），英国作家。

悲观是时代的时髦；怀疑是知识阶级的护照。我们宁可把人类看作一堆自私的肉欲，把人道贬入兽道，把宇宙看作一团的黑气，把天良与德性认做作伪与梦呓，把高尚的精神析成心理分析的动机……我也是不很敢相信牧师与塾师与“主张精神生活的哲学家”的劝世谈的一个，即使人生的日子里，不是整天的下雨，这样的愁云与惨雾，伦敦的冬天似的，至少告诫我们出门时还是带上雨具的妥当。但我却也相信这愁云与惨雾并不是永久没有散开的日子，温暖的阳光也不是永远辞别了人间；真的，也许就在大雨泻的时候，你要是有耐心站在广场上望时，西边的云罅里已经分明的透露着金色的光痕了！下面一首诗里的实事，有人看来也许便是一条金色的光痕——除了血色的一堆自私的肉欲，人们并不是没有更高尚的元素了！

来了一个妇人，一个乡里来的妇人，
穿着一件粗布棉袄，一条紫棉绸的裙，
一双发肿的脚，一头花白的头发，
慢慢地走上我们前厅的石阶；
手扶着一扇堂窗，她抬起她的头，
望着厅堂上的陈设，颤动着她的牙齿脱尽了的口。
她开口问了：

得罪那，问声点看，
我要来求见徐家格位太太，有点事体……
认真则，格位就是太太，真是老太婆哩，
眼睛赤花，连太太都勿认得哩！
是欧，太太，今朝特为打乡下来欧，
乌青青就出门；田里西北风度来野欧，是欧，
太太，为点事体要来求求太太呀！
太太，我拉埭上，东横头，有个老阿太，
姓李，亲丁末……老早死完哩，伊拉格大官官——

李三官，起先到街上来做长年欧，——早几年成了弱病，
  田末卖掉，病末始终勿曾好；
格位李家阿太老年格运气真勿好，全靠场头上东帮帮，西
  讨讨，吃一口白饭，
每年只有一件绝薄欧棉袄靠过冬欧，
上个月听得话李家阿太流火病发，
前夜子西北风起，我也冻得瑟瑟叫抖，
我心里想李家阿太勿晓得那介哩，
昨日子我一早走到伊屋里，真是罪过！
老阿太已经去哩，冷冰冰欧滚在稻草里，
也勿晓得几时脱气欧，也呒不人晓得！
我也呒不法子，只好去喊拢几个人来，
有人话是饿煞欧，有人话是冻煞欧，
我看一半是老病，西北风也作兴有点欧；——
为此我到街上来，善堂里格位老爷
本里一具棺材，我乘便来求求太太，
做做好事，我晓得太太是顶善心欧，
顶好有旧衣裳本格件把，我还想去
买一刀锭箔；我自己屋里也是滑白欧，
我只有五升米烧顿饭本两个帮忙欧吃，
伊拉抬了材，外加收作，饭总要吃一顿欧，
太太是勿是？……嗳，是欧！嗳，是欧！
喔唷，太太认真好来，真体恤我拉穷人……
格套衣裳正好……喔唷，害太太还要
难为洋钿……喔唷，喔唷……我只得
朝太太磕一个响头，代故世欧谢谢！
喔唷，那末真真多谢，真欧，太太……

（写于1924年1月29日。1924年2月26日《晨报副刊》。）

自然与人生

风，雨，山岳的震怒：
　　猛进，猛进！
显你们的猖獗，暴烈，威武；
　　霹雳是你们的酣嗷，
　　雷震是你们的军鼓——
万丈的峰峦在涌汹的战阵里
　　失色，动摇，颠播；
　　猛进，猛进！
这黑沉沉的下界，是你们的俘虏！

壮观！仿佛跳出了人生的关塞，
凭着智慧的明辉，回看
这伟大的悲惨的趣剧，在时空
无际的舞台上，更番的演着：——
我驻足在岱岳顶巅，
在阳光朗照着的顶巅，俯看山腰里
蜂起的云潮敛着，叠着，渐缓的
淹没了眼下的青峦与幽壑：
霎时的开始了，骇人的工作。

风，雨，雷霆，山岳的震怒——
　　猛进，猛进！
矫捷的，猛烈的：吼着，打击着，咆哮着；
烈情的火焰，在层云中狂窜：
恋爱，嫉妒，咒诅，嘲讽，报复，牺牲，烦闷，

　疯犬似的跳着，追着，嗥着，咬着，
毒蟒似的绞着，翻着，扫着，舐着——
　猛进，猛进！
狂风，暴雨，电闪，雷霆：
　烈情与人生！

静了，静了——
不见了晦盲的云罗与雾锢，
只有轻纱似的浮沤，在透明的晴空，
冉冉的飞升，冉冉的翳隐，
像是白羽的安琪，捷报天庭。

静了，静了——
眼前消失了战阵的幻景，
回复了幽谷与冈峦与森林，
青葱，凝静，芳馨，像一个浴罢的处女，
忸怩的无言，默默的自怜。

变幻的自然，变幻的人生，
瞬息的转变，暴烈与和平，
刿心的惨剧与怡神的宁静：——
谁是主，谁是宾，谁幻复谁真？
莫非是造化儿的诙谐与游戏，
恣意的反复着涕泪与欢喜，
厄难与幸运，娱乐他的冷酷的心，
与我在云外看雷阵，一般的无情？

（1924 年 2 月 5 日《晨报·文学旬刊》。）

夜半松风

这是冬夜的山坡。
坡下一座冷落的僧庐，
庐内一个孤独的梦魂：
　在忏悔中祈祷，在绝望中沉沦；——

为什么这怒叫，这狂啸，
鼍鼓与金钲与虎与豹？
为什么这幽诉，这私慕？
烈情的惨剧与人生的坎坷——
　又一度潮水似的淹没了
这彷徨的梦魂与冷落的僧庐？

（写于 1924 年 2 月 22 日。1924 年 7 月 11 日《晨报·文学旬刊》第 41 号。）

去　罢

去罢，人间，去罢！
　我独立在高山的峰上；
去罢，人间，去罢！
　我面对着无极的穹苍。

去罢，青年，去罢！

　与幽谷的香草同埋；
去罢，青年，去罢！
　悲哀付与暮天的群鸦。

去罢，梦乡，去罢！
　我把幻景的玉杯摔破；
去罢，梦乡，去罢！
　我笑受山风与海涛之贺。

去罢，种种，去罢！
　当前有插天的高峰；
去罢，一切，去罢！
　当前有无穷的无穷！

（写于1924年5月20日。1924年《小说月报》第15卷第4号。）

庐山小诗两首

一　朝雾里的小草花

这岂是偶然，小玲珑的野花！
　你轻含着闪亮的珍珠
　像是慕光明的花蛾，
在黑暗里想念着焰彩晴霞；

我此时在这蔓草丛中过路，
　无端的内感惘怅与惊讶，

　在这迷雾里，在这岩壁下。
思忖着泪怦怦的，人生与鲜露？

二　山中大雾看景

这一瞬息的展露——
　是山雾，
　是台幕！
这一转瞬的沉闷，
　是云蒸，
　是人生？
　那分明是山，水，田，庐；
　又分明是悲，欢，喜，怒：
阿，这眼前刹那间的开朗——
我仿佛感悟了造化的无常！

（约写于 1924 年 8 月。1924 年 12 月 5 日《晨报·文学旬刊》。）

太平景象

“卖油条的，来六根——再来六根。”
“要香烟吗，老总们，大英牌，大前门？
多留几包也好，前边什么买卖都不成。”

“这枪好，德国来的，装弹时手顺；”
“我哥有信来，前天，说我妈有病；”
“哼，管得你妈，咱们去打仗要紧。”

“亏得在江南，离着家千里的路程，
要不然我的家里人……唉，管得他们
眼红眼青，咱们吃粮的眼不见为净！”

“说是，这世界！做鬼不幸，活着也不称心；
谁没有家人老小，谁愿意来当兵拼命？”
“可是你不听长官说，打伤了有恤金？”

“我就不希罕那猫儿哭耗子的恤金！
脑袋就是一个，我就想不透为么要上阵，
砰，砰，打自个儿的弟兄，损己，又不利人。”

“你不见李二哥回来，烂了半个脸，全青？
他说前边稻田里的尸体，简直像牛粪，
全的、残的；死透的、半死的；烂臭、难闻。”

“我说这儿江南人倒懂事，他们死不当兵；
你看这路旁的皮棺，那田里玲巧的享亭，
草也青，树也青，做鬼也落个清静；”

比不得我们——可不是火车已经开行？——
天生是稻田里的牛粪——唉，稻田里的牛粪！
“喂，卖油条的，赶上来，快，我还要六根。”

（1924 年 8 月 10 日《小说月报》第 15 卷第 8 号。）

毒　药

今天不是我歌唱的日子，我口边涎着狞恶的微笑，不是我说笑的日子，我胸怀间插着发冷光的利刃；

相信我，我的思想是恶毒的因为这世界是恶毒的，我的灵魂是黑暗的因为太阳已经灭绝了光彩，我的声调是像坟堆里的夜鸮因为人间已经杀尽了一切的和谐，我的口音像是冤鬼责问他的仇人因为一切的恩已经让路给一切的怨；

但是相信我，真理是在我的话里虽则我的话像是毒药，真理是永远不含糊的虽则我的话里仿佛有两头蛇的舌，蝎子的尾尖，蜈蚣的触须；只因为我的心里充满着比毒药更强烈，比咒诅更狠毒，比火焰更猖狂，比死更深奥的不忍心与怜悯心与爱心，所以我说的话是毒性的，咒诅的，燎灼的，虚无的；

相信我，我们一切的准绳已经埋没在珊瑚土打紧的墓宫里，最劲冽的祭肴的香味也穿不透这严封的地层：一切的准则是死了的；

我们一切的信心像是顶烂在树枝上的风筝，我们手里擎着这迸断了的鹞线：一切的信心是烂了的；

相信我，猜疑的巨大的黑影，像一块乌云似的，已经笼盖着人间一切的关系：人子不再悲哭他新死的亲娘，兄弟不再来携着他姊妹的手，朋友变成了寇仇，看家的狗回头来咬他主人的腿：是的，猜疑淹没了一切；在路旁坐着啼哭的，在街心里站着的，在你窗前探望的，都是被奸污的处女：池潭里只见些烂破的鲜艳的荷花；

在人道恶浊的涧水里流着，浮荇似的，五具残缺的尸体，他们是仁义礼智信，向着时间无尽的海澜里流去；
这海是一个不安静的海，波涛猖獗的翻着，在每个浪头的小白帽上，分明的写着人欲与兽性；
到处是奸淫的现象：贪心搂抱着正义，猜忌逼迫着同情，懦怯狎亵着勇敢，肉欲侮弄着恋爱，暴力侵凌着人道，黑暗践踏着光明；
听呀，这一片淫猥的声响，听呀，这一片残暴的声响；
虎狼在热闹的市街里，强盗在你们妻子的床上，罪恶在你们深奥的灵魂里……

（写于1924年9月底。1924年10月5日《晨报·文学旬刊》。）

白　旗

来，跟着我来，拿一面白旗在你们的手里——不是上面写着激动怨毒，鼓励残杀字样的白旗，也不是涂着不洁净血液的标记的白旗，也不是画着忏悔与咒语的白旗（把忏悔画在你们的心里）；
你们排列着，噤声的，严肃的，像送丧的行列，不容许脸上留存一丝的颜色，一毫的笑容，严肃的，噤声的，像一队决死的兵士；
现在时辰到了，一齐举起你们手里的白旗，像举起你们的心一样，仰看着你们头顶的青天，不转瞬的，恐惶的，像看着你们自己的灵魂一样；
现在时辰到了，你们让你们熬着，壅着，迸裂着，滚沸着的眼泪流，直流，狂流，自由的流，痛快的流，尽性的流，像山水出峡似的流，像暴雨倾盆似的流……

现在时辰到了，你们让你们咽着，压迫着，挣扎着，汹涌着的声音嚎，直嚎，狂嚎，放肆的嚎，凶狠的嚎，像飓风在大海波涛间的嚎，像你们丧失了最亲爱的骨肉时的嚎……

现在时辰到了，你们让你们回复了的天性忏悔，让眼泪的滚油煎净了的，让嚎恸的雷霆震醒了的天性忏悔，默默的忏悔，悠久的忏悔，沉彻的忏悔，像冷峭的星光照落在一个寂寞的山谷里，像一个黑衣的尼僧匐伏在一座金漆的神龛前；

……

在眼泪的沸腾里，在嚎恸的酣彻里，在忏悔的沉寂里，你们望见了上帝永久的威严。

（写于1924年9月底。1924年10月5日《晨报·文学旬刊》。）

婴　儿

我们要盼望一个伟大的事实出现，我们要守候一个馨香的婴儿出世：——你看他那母亲在她生产的床上受罪!

她那少妇的安详，柔和，端丽，现在在剧烈的阵痛里变形成不可信的丑恶：你看她那遍体的筋络都在她薄嫩的皮肤底里暴涨着，可怕的青色与紫色，像受惊的水青蛇在田沟里急泅似的，汗珠贴在她的前额上像一颗颗的黄豆，她的四肢与身体猛烈的抽搐着，畸屈着，奋挺着，纠旋着，仿佛她垫着的席子是用针尖编成的，仿佛她的帐围是用火焰织成的；

一个安详的，镇定的，端庄的，美丽的少妇，现在在绞痛的惨酷里变形成魔鬼似的可怖：她的眼，一时紧紧的阖着，一时巨大的睁着，她那眼，原来像冬夜池潭里反映着的明星，现在吐露着青黄色的凶焰，眼珠像是烧红的炭火，映射出她灵魂最后的奋斗，她的原来朱红色的口唇，现在像是炉底的冷灰，她的口颤着，撅着，扭着，死神的热烈的亲吻不容许她一息的平安，她的发是散披着横在口边，漫在胸前像揪乱的麻丝，她的手指间紧抓着几穗拧下来的乱发；

这母亲在她生产的床上受罪——

但她还不曾绝望，她的生命挣扎着血与肉与骨与肢体的纤微，在危崖的边沿上，抵抗着，搏斗着，死神的逼迫；

她还不曾放手，因为她知道（她的灵魂知道！）这苦痛不是无因的，因为她知道她的胎宫里孕育着一点比她自己更伟大的生命的种子，包涵着一个比一切更永久的婴儿；

因为她知道这苦痛是婴儿要求出世的征候，是种子在泥土里爆裂成美丽的生命的消息，是她完成她自己生命的使命的时机；

因为她知道这忍耐是有结果的，在她剧痛的昏瞀中，她仿佛听着上帝准许人间祈祷的声音，她仿佛听着天使们赞美未来的光明的声音；

因此她忍耐着，抵抗着，奋斗着……她抵拼绷断她统体的纤微，她要赎出在她那胎宫里动荡着的生命，在她一个完全美丽的婴儿出世的盼望中，最锐利，最沉酣的痛感逼成了最锐利最沉酣的快感……

（写于1924年9月底。1924年10月5日《晨报·文学旬刊》。）

问 谁

问谁？呵，这光阴的播弄
　问谁去声诉，
在这冻沉沉的深夜，凄风
　吹拂她的新墓？

“看守，你须用心的看守，
　这活泼的流溪，
莫错过，在这清波里优游，
　青脐与红鳍！”

那无声的私语在我的耳边
　似曾幽幽的吹嘘，——
像秋雾里的远山，半化烟，
　在晓风前卷舒。

因此我紧揽着我生命的绳网，
　像一个守夜的渔翁，
兢兢的，注视着那无尽流的时光——
　私冀有彩鳞掀涌。

但如今，如今只余这破烂的渔网——
　嘲讽我的希冀，
我喘息的怅望着不复返的时光；
　泪依依的憔悴！

又何况在这黑夜里徘徊，
　黑夜似的痛楚：
一个星芒下的黑影凄迷——
　留恋着一个新墓！

问谁……我不敢抢呼，怕惊扰
　这墓底的清淳；
我俯身，我伸手向她搂抱——
　啊，这半潮润的新坟！

这惨人的旷野无有边沿，
　远处有村火星星，
丛林中有鸱鸮在悍辩——
　此地有伤心，只影！

这黑夜，深沉的，环包着大地；
　笼罩着你与我——
你，静凄凄的安眠在墓底；
　我，在迷醉里摩挲！

正愿天光更不从东方
　按时的泛滥：
我便永远依偎着这墓旁——
　在沉寂里消幻——

但青曦已在那天边吐露，
　苏醒的林鸟，
已在远近间相应喧呼——
　又是一度清晓。

不久，这严冬过去，东风
　又来催促青条：
便妆缀这冷落的墓宫，
　亦不无花草飘飖。

但为你，我爱，如今永远封禁
　在这无情的地下——
我更不盼天光，更无有春信：
　我的是无边的黑夜！

（约写于1924年秋。1925年8月中华书局《志摩的诗》。）

冢中的岁月

白杨树上一阵鸦啼，
白杨树上叶落纷披，
白杨树下有荒土一堆：
亦无有青草，亦无有墓碑；

亦无有蛱蝶双飞，
亦无有过客依违，
有时点缀荒野的暮霭，
土堆邻近有青磷闪闪。

埋葬了也不得安逸，
髑髅在坟底叹息；

舍手了也不得静谧，
髑髅在坟底饮泣。

破碎的愿望梗塞我的呼吸，
伤禽似的震悸着他的羽翼；
白骨放射着赤色的火焰——
却烧不尽生前的恋与怨。

白杨在西风里无语，摇曳，
孤魂在墓窟的凄凉里寻味：
“从不享，可怜，祭扫的温慰，
更有谁存念我生平的梗概！”

（1924 年 10 月 15 日《晨报副刊》。）

谁知道

我在深夜里坐着车回家——
一个褴褛的老头他使着劲儿拉；
　　天上不见一个星，
　　街上没有一只灯：
　　那车灯的小火
　　冲着街心里的土——
　　左一个颠簸，右一个颠簸，
　　拉车的走着他的踉跄步；
　　……

"我说拉车的，这道儿哪儿能这么的黑？"
"可不是先生？这道儿真——真黑！"
他拉——拉过了一条街，穿过了一座门，
转一个弯，转一个弯，一般的暗沉沉；——
　　天上不见一个星，
　　街上没有一个灯：
　　那车灯的小火
　　蒙着街心里的土——
　　左一个颠簸，右一个颠簸，
　　拉车的走着他的踉跄步；
　　……

"我说拉车的，这道儿哪儿能这么的静？"
"可不是先生？这道儿真——真静！"
他拉——紧贴着一垛墙，长城似的长，
过一处河沿，转入了黑遥遥的旷野；
　　天上不露一颗星，
　　道上没有一只灯：
　　那车灯的小火
　　晃着道儿上的土——
　　左一个颠簸，右一个颠簸，
　　拉车的走着他的踉跄步；
　　……

"我说拉车的，怎么这儿道上一个人都不见？"
"倒是有，先生，就是您不大瞧得见！"
　　我骨髓里一阵子的冷——
　　那边青缭缭的是鬼还是人？

仿佛听着呜咽与笑声——
啊，原来这遍地都是坟！
天上不亮一颗星，
道上没有一只灯：
那车灯的小火
缭着道儿上的土——
左一个颠簸，右一个颠簸，
拉车的跨着他的踉跄步；
……

“我说——我说拉车的喂！这道儿哪……哪儿有这儿远？”
“可不是先生？这道儿真——真远！”
“可是……你拉我回家……你走错了道儿没有？”
“谁知道先生！谁知道走错了道儿没有！”
……

我在深夜里坐着车回家，
一堆不相识的褴褛他使着劲儿拉；
天上不明一颗星，
道上不见一只灯：
只那车灯的小火
袅着道儿上的土——
左一个颠簸，右一个颠簸。
拉车的跨着他的蹒跚步。

（写于1924年11月初。1924年11月9日《晨报副刊》。）

卡尔佛里[1]

喂，看热闹去，朋友！在哪儿？
卡尔佛里。今天是杀人的日子；
两个是贼，还有一个——不知到底
是谁？有人说他是一个魔鬼；
有人说他是天父的亲儿子，
米赛亚[2]……看，那就是，他来了！
咦，为什么有人替他抗着
他的十字架？你看那两个贼，
满头的乱发，眼睛里烧着火，
十字架压着他们的肩背！
他跟着耶稣走着；唉，耶稣，
他们到底是谁？他们都说他有
权威，你看他那样子顶和善，
顶谦卑——听着，他说话了！他说：
“父呀，饶恕他们罢，他们自己
都不知道他们犯的是什么罪。”
我说你觉不觉得他那话怪，
听了叫人毛管里直淌冷汗？
那黄头毛的贼，你看，好像是
梦醒了，他脸上全变了气色，
眼里直流着白豆粗的眼泪，
准是变善了！谁要能赦了他。

① 卡尔佛里，Calvary，耶稣被钉死于十字架的地方。
② 米赛亚，Messiah，现通译为弥赛亚，意为救世主，即耶稣。

保管他比祭司不差什么高矮！……
再看那妇女们！小羊似的一群，
也跟着耶稣的后背，头也不包，
发也不梳，直哭，直叫，直嚷，
倒像上十字架的是她们亲生
儿子；倒像明天太阳不透亮……
再看那群得意的犹太，法利赛[①]，
法利赛，穿着长袍，戴着高帽，
一脸奸相；他们也跟在后背，
他们这才得意哪，瞧他们那笑！
我真受不了那假味儿，你呢？
听他们还嚷着哪：“快点儿去，
上‘人头山’去，钉死他，活钉死他！”……
唉，躲在墙边高个儿的那个？
不错，我认得，黑黑的脸，矮矮的，
就是他该死，他就是犹大斯[②]！
不错，他的门徒。门徒算什么？
耶稣就让他卖，卖现钱，你知道！
他们也不止一半天的交情哪：
他跟着耶稣吃苦就有好几年，
谁知他贪小变了心，真是狗屎！
那还只前天，我听说，他们一起
吃晚饭，耶稣与他十二个门徒，
犹大斯就算一枚；耶稣早知道，
迟早他的命，他的血，得让他卖；
可不是他的血？吃晚饭时他说，

① 法利赛，pharisee，古犹太教的一个派别，《圣经》中称法利赛人是言行不一的伪善者。
② 犹大斯，Judas，现通译为犹大。

他把自己的肉喂他们的饿，
也把他自己的血止他们的渴，
意思要他们逢着患难时多少
帮着一点：他还亲手舀着水
替他们洗脚，犹大斯都有分，
还拿自己的腰布替他们擦干！
谁知那大个儿的黑脸他，没等
擦干嘴，就拿他主人去换钱：——
听说那晚耶稣与他的门徒
在橄榄山上歇着，冷不防来了，
犹大斯带着路，天不亮就干，
树林里密密的火把像火蛇，
蜒着来了，真恶毒，比蛇还毒；
他一上来就亲他主人的嘴，
那是他的信号，耶稣就倒了霉，
赶明儿你看，他的鲜血就在
十字架上冻着！我信他是好人；
就算他坏，也不该让犹大斯
那样肮脏的卖，那样肮脏的卖！……
我看着惨，看他生生的让人
钉上十字架去，当贼受罪，我不干！
你没听着怕人的预言？我听说
公道一完事，天地都得昏黑——
我真信，天地都得昏黑——回家罢！

十一月八日早一时半写完

（写于1924年11月8日。1924年11月17日《晨报副刊》。）

古怪的世界

从松江的石湖塘
　上车来老妇一双，
颤巍巍的承住弓形的老人身，
多谢（我猜是）普陀山的盘龙藤：

　青布棉袄，黑布棉套，
　头毛半秃，齿牙半耗：
肩挨肩的坐落在阳光暖暖的窗前，
畏葸的，呢喃的，像一对寒天的老燕；

　震震的干枯的手背，
　震震的皱缩的下颏：
这二老！是妯娌，是姑嫂，是姊妹？——
紧挨着，老眼中有伤悲的眼泪！

　怜悯！贫苦不是卑贱，
　老衰中有无限庄严；——
老年人有什么悲哀，为什么凄伤？
为什么在这快乐的新年，抛却家乡？

　同车里杂沓的人声，
　轨道上疾转着车轮；
我独自的，独自的沉思这世界古怪——
是谁吹弄着那不调谐的人道的音籁？

（写于1923年冬。1924年12月1日《晨报六周年纪念增刊》。）

在那山道旁

在那山道旁，一天雾蒙蒙的朝上，
初生的小蓝花在草丛里窥觑，
我送别她归去，与她在此分离，
在青草里飘拂，她的洁白的裙衣。

我不曾开言，她亦不曾告辞，
驻足在山道旁，我暗暗的寻思：
“吐露你的秘密，这不是最好时机？”——
露湛的小草花，仿佛恼我的迟疑。

为什么迟疑，这是最后的时机，
在这山道旁，在这雾茫的朝上？
收集了勇气，向着她我旋转身去：——
但是啊！为什么她这满眼凄惶？

我咽住了我的话，低下了我的头：
火灼与冰激在我的心胸间回荡，
啊，我认识了我的命运，她的忧愁，——
在这浓雾里，在这凄清的道旁！

在那天朝上，在雾茫茫的山道旁，
新生的小蓝花在草丛里睥睨，
我目送她远去，与她从此分离——
在青草间飘拂，她那洁白的裙衣！

（1924 年 12 月 1 日《晨报 · 文学旬刊》。）

消　息

雷雨暂时收敛了；
　双龙似的双虹，
　显现在雾霭中，
　夭矫、鲜艳、生动，——
好兆！明天准是好天了。

什么！又是一阵打雷了，——
　在云外、在天外，
　又是一片暗淡，
　不见了鲜虹彩，——
希望，不曾站稳，又毁了。

（写于 1924 年 12 月。1924 年 12 月《孤军周报》第 4 期。）

不再是我的乖乖

一

前天我是一个小孩，
这海滩最是我的爱；
早起的太阳赛如火炉，
趁暖和我来做我的工夫：
捡满一衣兜的贝壳，
在这海砂上起造宫阙；
哦，这浪头来得凶恶，

冲了我得意的建筑——
我喊一声海，海！
你是我小孩儿的乖乖！

二

昨天我是一个“情种”，
到这海滩上来发疯；
西天的晚霞慢慢的死，
血红变成姜黄，又变紫，
一颗星在半空里窥伺，
我匐伏在砂堆里画字，
一个字，一个字，又一个字，
谁说不是我心爱的游戏？
我喊一声海，海！
不许你有一点儿的更改！

三

今天！咳，为什么要有今天？
不比从前，没了我的疯癫，
再没有小孩时的新鲜，
这回再不来这大海的边沿！
头顶不见天光的方便，
海上只暗沉沉的一片，
暗潮侵蚀了砂字的痕迹，
却不冲淡我悲惨的颜色——
我喊一声海，海！
你从此不再是我的乖乖！

（写于1925年1月。1925年1月11日《京报副刊》。）

残　诗

怨谁？怨谁？这不是青天里打雷？
关着，锁上；赶明儿瓷花砖上堆灰！
别瞧这白石台阶儿光滑，赶明儿，唉，
石缝里长草，石板上青青的全是莓！
那廊下的青玉缸里养着鱼，真凤尾，
可还有谁给换水，谁给捞草，谁给喂？
要不了三五天准翻着白肚鼓着眼，
不浮着死，也就让冰分儿压一个扁！
顶可怜是那几个红嘴绿毛的鹦哥，
让娘娘教得顶乖，会跟着洞箫唱歌，
真娇养惯，喂食一迟，就叫人名儿骂，
现在，您叫去！就剩空院子给您答话！……

（写于1925年1月。1925年1月15日《晨报·文学旬刊》第59号。）

这是一个懦怯的世界

这是一个懦怯的世界，
　容不得恋爱，容不得恋爱！
披散你的满头发，
赤露你的一双脚；
　跟着我来，我的恋爱，

抛弃这个世界
殉我们的恋爱！

我拉着你的手，
爱，你跟着我走；
　　听凭荆棘把我们的脚心刺透，
　　听凭冰雹劈破我们的头，
你跟着我走，
我拉着你的手，
　　逃出了牢笼，恢复我们的自由！

　　跟着我来，
　　我的恋爱！
人间已经掉落在我们的后背，——
看呀，这不是白茫茫的大海？
白茫茫的大海，
白茫茫的大海，
　　无边的自由，我与你与恋爱！

顺着我的指头看，
那天边一小星的蓝——
　　那是一座岛，岛上有青草，
　　鲜花，美丽的走兽与飞鸟；
快上这轻快的小艇，
去到那理想的天庭——
　　恋爱，欢欣，自由——辞别了人间，永远！

（写于 1925 年 2 月。1925 年 8 月中华书局《志摩的诗》。）

多谢天！我的心又一度的跳荡

多谢天！我的心又一度的跳荡，
这天蓝与海青与明洁的阳光，
驱净了梅雨时期无欢的踪迹，
也散放了我心头的网罗与纽结，
像一朵曼陀罗花英英的露爽，
在空灵与自由中忘却了迷惘：——
迷惘，迷惘！也不知来自何处，
囚禁着我心灵的自然的流露，
可怖的梦魇，黑夜无边的惨酷，
苏醒的盼切，只增剧灵魂的麻木！
曾经有多少的白昼，黄昏，清晨，
嘲讽我这蚕茧似不生产的生存？
也不知有几遭的明月，星群，晴霞，
山岭的高亢与流水的光华……
辜负！辜负自然界叫唤的殷勤，
惊不醒这沉醉的昏迷与顽冥！

如今，多谢这无名的博大的光辉，
在艳色的青波与绿岛间萦洄，
更有那渔船与帆影，亭亭的黏附
在天边，唤起辽远的梦景与梦趣：
我不由的惊悚，我不由的感愧
（有时微笑的妩媚是启悟的棒槌！）
是何来倏忽的神明，为我解脱
忧愁，新竹似的豁裂了外箨，

透露内裹的青篁，又为我洗净
障眼的盲翳，重见宇宙间的欢欣。

这或许是我生命重新的机兆；
大自然的精神！容纳我的祈祷，
容许我的不踌躇的注视，容许
我的热情的献致，容许我保持
这显示的神奇，这现在与此地，
这不可比拟的一切间隔的毁灭！
我更不问我的希望，我的惆怅，
未来与过去只是渺茫的幻想，
更不向人间访问幸福的进门，
只求每时分给我不死的印痕，——
变一颗埃尘，一颗无形的埃尘，
追随着造化的车轮，进行，进行……

（写于1925年8月之前。1925年8月中华书局《志摩的诗》。）

无 题

原是你的本分，朝山人的胫踝，
这荆刺的伤痛！回看你的来路，
看那草丛乱石间斑斑的血迹，
在暮霭里记认你从来的踪迹！
且缓抚摩你的肢体，你的止境
还远在那白云环拱处的山岭！

无声的暮烟，远从那山麓与林边，
渐渐的潮没了这旷野，这荒天，
你渺小的孑影面对这冥盲的前程，
像在怒涛间的轻航失去了南针；
更有那黑夜的恐怖，悚骨的狼嗥，
狐鸣、鹰啸、蔓草间有蝮蛇缠绕！

退后？——昏夜一般的吞蚀血染的来踪，
倒地？——这懦怯的累赘问谁去收容？
前冲？啊，前冲！冲破这黑暗的冥凶。
冲破一切的恐怖、迟疑、畏葸、苦痛，
血淋漓的践踏过三角棱的劲刺，
丛莽中伏兽的利爪，蜿蜒的虫豸！

前冲；灵魂的勇是你成功的秘密！
这回你看，在这决心舍命的瞬息，
迷雾已经让路，让给不变的天光，
一弯青玉似的明月在云隙里探望，
依稀窗纱间美人启齿的瓠犀，——
那是灵感的赞许，最恩宠的赠与！

更有那高峰，你那最想望的高峰，
亦已涌现在当前，莲苞似的玲珑，
在蓝天里，在月华中，秾艳，崇高，
朝山人，这异像便是你跋涉的酬劳！

（1925 年 8 月中华书局《志摩的诗》。）

五老峰

不可摇撼的神奇，
　　　不容注视的威严，
这耸峙，这横蟠，
　　　这不可攀援的峻险！
看！那巉岩缺处
　　　透露着天，窈远的苍天，
在无限广博的怀抱间，
　　　这磅礴的伟像显现！

是谁的意境，是谁的想象？
　　　是谁的工程与搏造的手痕？
在这亘古的空灵中
　　　陵慢着天风，天体与天氛！
有时朵朵明媚的彩云，
　　　轻颤的，妆缀着老人们的苍鬓，
像一树虬干的古梅在月下
　　　吐露了艳色鲜葩的清芬！

山麓前伐木的村童，
　　　在山涧的清流中洗濯，呼啸，
认识老人们的嗔颦，
　　　迷雾海沫似的喷涌，铺罩，
淹没了谷内的青林，
　　　隔绝了鄱阳的水色袅渺，
陡壁前闪亮着火电，听呀！

五老们在渺茫的雾海外狂笑！

朝霞照他们的前胸，
晚霞戏逗着他们赤秃的头颅；
黄昏时，听异鸟的欢呼，
在他们鸠盘的肩旁怯怯的透露
不昧的星光与月彩：
柔波里，缓泛着的小艇与轻舸；
听呀！在海会静穆的钟声里，
有朝山人在落叶林中过路！
更无有人事的虚荣，
更无有尘世的仓促与噩梦，
灵魂！记取这从容与伟大，
在五老峰前饱啜自由的山风！
这不是山峰，这是古圣人的祈祷，
凝聚成这"冻乐"似的建筑神工，
给人间一个不朽的凭证，——
一个"崛强的疑问"在无极的蓝空！

（约写于1924年12月。1925年8月中华书局《志摩的诗》。）

乡村里的音籁

小舟在垂柳荫间缓泛，
一阵阵初秋的凉风，
吹生了水面的漪绒，

吹来两岸乡村里的音籁。

我独自凭着船窗闲憩，
　静看着一河的波幻，
　静听着远近的音籁，
又一度与童年的情景默契！

这是清脆的稚儿的呼唤，
　田场上工作纷纭，
　竹篱边犬吠鸡鸣，
但这无端的悲感与凄惋！

白云在蓝天里飞行，
　我欲把恼人的年岁，
　我欲把恼人的情爱，
托付与无涯的空灵——消泯！

回复我纯朴的，美丽的童心：
　像山谷里的冷泉一勺，
　像晓风里的白头乳鹊，
像池畔的草花，自然的鲜明。

（写于 1925 年 8 月之前。1925 年 8 月中华书局《志摩的诗》。）

天国的消息

可爱的秋景！无声的落叶，
轻盈的，轻盈的，掉落在这小径，
竹篱内，隐约的，有小儿女的笑声：

呖呖的清音，缭绕着村舍的静谧，
仿佛是幽谷里的小鸟，欢噪着清晨，
驱散了昏夜的晦塞，开始无限光明。

霎那的欢欣，昙花似的涌现，
开豁了我的情绪，忘却了春恋，
人生的惶惑与悲哀，惆怅与短促——
在这稚子的欢笑声里。想见了天国！

晚霞泛滥着金色的枫林，
凉风吹拂着我孤独的身形；
我灵海里啸响着伟大的波涛，
应和更伟大的脉搏，更伟大的灵潮！

（约写于1924年秋。1925年8月中华书局《志摩的诗》。）

青年曲

泣与笑，恋与愿与恩怨，
难得的青年，倏忽的青年，
前面有座铁打的城垣，青年，
你进了城垣，永别了春光，
永别了青年，恋与愿与恩怨！

妙乐与酒与玫瑰，不久住人间，
青年，彩虹不常在天边，
梦里的颜色，不能永葆鲜妍，
你须珍重，青年，你有限的脉搏，
休教幻景似的消散了你的青年！

（写于 1925 年 8 月之前。1925 年 8 月中华书局《志摩的诗》。）

她是睡着了

她是睡着了——
星光下一朵斜欹的白莲；
她入梦境了——
香炉里袅起一缕碧螺烟。

她是眠熟了——

涧泉幽抑了喧响的琴弦；
　　她在梦乡了——
粉蝶儿，翠蝶儿，翻飞的欢恋。

　　停匀的呼吸：
清芬，渗透了她的周遭的清氛；
　　有福的清氛，
怀抱着，抚摩着，她纤纤的身形！

　　奢侈的光阴！
静，沙沙的尽是闪亮的黄金，
　　平铺着无垠，
波鳞间轻漾着光艳的小艇。

　　醉心的光景：
给我披一件彩衣，啜一坛芳醴，
　　折一枝藤花，
舞，在葡萄丛中颠倒，昏迷。

　　看呀，美丽！
三春的颜色移上了她的香肌，
　　是玫瑰，是月季，
是朝阳里的水仙，鲜妍，芳菲！

　　梦底的幽秘，
挑逗着她的心——纯洁的灵魂，
　　像一只蜂儿，
在花心恣意的唐突——温存。

　童真的梦境！
静默，休教惊断了梦神的殷勤；
　抽一丝金络，
抽一丝银络，抽一丝晚霞的紫曛；

　玉腕与金梭，
织缣似的精审，更番的穿度——
　化生了彩霞，
神阙，安琪儿的歌，安琪儿的舞。

　可爱的梨涡，
解释了处女的梦境的欢喜，
　像一颗露珠，
颤动的，在荷盘中闪耀着晨曦！

（约写于1925年初夏。1925年8月中华书局《志摩的诗》。）

难　得

难得，夜这般的清静，
　难得，炉火这般的温，
更是难得，无言的相对，
　一双寂寞的灵魂！

也不必筹营，也不必详论，
　更没有虚骄，猜忌与嫌憎，

只静静的坐对着一炉火，
　只静静的默数远巷的更。

喝一口白水，朋友，
　滋润你的干裂的口唇；
你添上几块煤，朋友，
　一炉的红焰感念你的殷勤。

在冰冷的冬夜，朋友，
　人们方始珍重难得的炉薪；
在这冰冷的世界，
　方始凝结了少数同情的心！

（约写于1925年8月前。1925年8月中华书局《志摩的诗》。）

一星弱火

我独坐在半山的石上，
　看前峰的白云蒸腾，
一只不知名的小雀，
　嘲讽着我迷惘的神魂。

白云一饼饼的飞升，
　化入了辽远的无垠；
但在我逼仄的心头，啊，
　却凝敛着惨雾与愁云！

皎洁的晨光已经透露，
　洗净了青屿似的前峰；
像墓墟间的磷光惨淡，
　一星的微焰在我的胸中。

但这惨淡的弱火一星，
　照射着残骸与余烬，
虽则是往迹的嘲讽，
　却绵绵的长随时间进行！

（写于1925年8月之前。1925年8月中华书局《志摩的诗》。）

为　谁

这几天秋风来得格外的尖厉：
　　我怕看我们的庭院，
　　树叶伤鸟似的猛旋，
　　中着了无形的利箭——
没了，全没了：生命、颜色、美丽！

就剩下西墙上的几道爬山虎：
　　它那豹斑似的秋色，
　　忍熬着风拳的打击，
　　低低的喘一声鸟邑——
“我为你耐着！”它仿佛对我声诉。

它为我耐着，那艳色的秋萝，
　　但秋风不容情的追，
　　追，（摧残是它的恩惠！）
　　追尽了生命的余辉——
这回墙上不见了勇敢的秋萝！

今夜那青光的三星在天上，
　　倾听着秋后的空院，
　　悄悄的，更不闻呜咽：
　　落叶在泥土里安眠——
只我在这深夜，啊，为谁凄惘？

（写于1925年8月之前。1925年8月中华书局《志摩的诗》。）

落叶小唱

一阵声响转上了阶沿，
（我正挨近着梦乡边；）
这回准是她的脚步了，我想——
　　在这深夜！

一声剥啄在我的窗上，
（我正靠紧着睡乡旁；）
这准是她来闹着玩——你看，
　　我偏不张皇！

一个声息贴近我的床，
我说（一半是睡梦，一半是迷惘）：——
“你总不能明白我，你又何苦
　　多叫我心伤！”

一声喟息落在我的枕边，
（我已在梦乡里留恋；）
“我负了你！”你说——你的热泪
　　烫着我的脸！

这声响恼着我的梦魂
（落叶在庭前舞，一阵，又一阵；）
梦完了，呵，回复清醒；恼人的——
　　却只是秋声！

（写于1925年8月之前。1925年8月中华书局《志摩的诗》。）

恋爱到底是什么一回事

恋爱他到底是什么一回事？——
他来的时候我还不曾出世；
太阳为我照上了二十几个年头，
我只是个孩子，认不识半点愁；
忽然有一天——我又爱又恨那一天——
我心坎里痒齐齐的有些不连牵，

那是我这辈子第一次的上当，
有人说是受伤——你摸摸我的胸膛——
他来的时候我还不曾出世，
恋爱他到底是什么一回事？

这来我变了，一只没笼头的马，
跑遍了荒凉的人生的旷野；
又像那古时间献璞玉的楚人，
手指着心窝，说这里面有真有真，
你不信时一刀拉破我的心头肉，
看那血淋淋的一掬是玉不是玉；
血！那无情的宰割，我的灵魂！
是谁逼迫我发最后的疑问？
疑问！这回我自己幸喜我的梦醒，
上帝，我没有病，再不来对你呻吟！
我再不想成仙，蓬莱不是我的分；
我只要这地面，情愿安分的做人，——
从此再不问恋爱是什么一回事，
反正他来的时候我还不曾出世！

（约写于1923年前后。1925年8月中华书局《志摩的诗》初版时无，再版时加入。）

翡冷翠的一夜

翡冷翠的一夜[1]

你真的走了，明天？那我，那我，……
你也不用管，迟早有那一天；
你愿意记着我，就记着我，
要不然趁早忘了这世界上
有我，省得想起时空着恼，
只当是一个梦，一个幻想；
只当是前天我们见的残红，
怯怜怜的在风前抖擞，一瓣，
两瓣，落地，叫人踩，变泥……
唉，叫人踩，变泥——变了泥倒干净，
这半死不活的才叫是受罪，
看着寒伧，累赘，叫人白眼——
天呀！你何苦来，你何苦来……
我可忘不了你，那一天你来，
就比如黑暗的前途见了光彩，
你是我的先生，我爱，我的恩人，
你教给我什么是生命，什么是爱，
你惊醒我的昏迷，偿还我的天真，
没有你我哪知道天是高，草是青？
你摸摸我的心，它这下跳得多快；
再摸我的脸，烧得多焦，亏这夜黑
看不见；爱，我气都喘不过来了，
别亲我了；我受不住这烈火似的活，

① 翡冷翠，Florence，现通译为佛罗伦萨，意大利中部的一个城市。

这阵子我的灵魂就像是火砖上的
熟铁，在爱的锤子下，砸，砸，火花
四散的飞洒……我晕了，抱着我，
爱，就让我在这儿清静的园内，
闭着眼，死在你的胸前，多美！
头顶白杨树上的风声，沙沙的，
算是我的丧歌，这一阵清风，
橄榄林里吹来的，带着石榴花香，
就带了我的灵魂走，还有那萤火，
多情的殷勤的萤火，有他们照路，
我到了那三环洞的桥上再停步，
听你在这儿抱着我半暖的身体，
悲声的叫我，亲我，摇我，咂我；……
我就微笑的再跟着清风走，
随他领着我，天堂，地狱，哪儿都成，
反正丢了这可厌的人生，实现这死
在爱里，这爱中心的死，不强如
五百次的投生？……自私，我知道，
可我也管不着……你伴着我死？
什么，不成双就不是完全的"爱死"，
要飞升也得两对翅膀儿打伙，
进了天堂还不一样的得照顾，
我少不了你，你也不能没有我；
要是地狱，我单身去你更不放心，
你说地狱不定比这世界文明
（虽则我不信，）像我这娇嫩的花朵，
难保不再遭风暴，不叫雨打，
那时候我喊你，你也听不分明，——
那不是求解脱反投进了泥坑，

倒叫冷眼的鬼串通了冷心的人，
笑我的命运，笑你懦怯的粗心？
这话也有理，那叫我怎么办呢？
活着难，太难，就死也不得自由，
我又不愿你为我牺牲你的前程……
唉！你说还是活着等，等那一天！
有那一天吗？——你在，就是我的信心；
可是天亮你就得走，你真的忍心
丢了我走？我又不能留你，这是命；
但这花，没阳光晒，没甘露浸，
不死也不免瓣尖儿焦萎，多可怜！
你不能忘我，爱，除了在你的心里，
我再没有命，是，我听你的话，我等，
等铁树儿开花我也得耐心等；
爱，你永远是我头顶的一颗明星：
要是不幸死了，我就变一个萤火，
在这园里，挨着草根，暗沉沉的飞，
黄昏飞到半夜，半夜飞到天明，
只愿天空不生云，我望得见天，
天上那颗不变的大星，那是你，
但愿你为我多放光明，隔着夜，
隔着天，通着恋爱的灵犀一点……

六月十一日，一九二五年翡冷翠山中

（写于 1925 年 6 月 11 日。1926 年 1 月 2 日《现代评论》第 3 卷第 56 期。）

偶　然

我是天空里的一片云，
偶尔投影在你的波心——
　　你不必讶异，
　　更无须欢喜——
在转瞬间消灭了踪影。

你我相逢在黑夜的海上，
你有你的，我有我的，方向；
　　你记得也好，
　　最好你忘掉，
在这交会时互放的光亮！

（写于1926年5月中旬。1926年5月27日《晨报副刊·诗镌》第9号。）

起造一座墙

你我千万不可亵渎那一个字，
别忘了在上帝跟前起的誓。
我不仅要你最柔软的柔情，
蕉衣似的永远裹着我的心；
我要你的爱有纯钢似的强，
在这流动的生里起造一座墙；
任凭秋风吹尽满园的黄叶，
任凭白蚁蛀烂千年的画壁；

就使有一天霹雳震翻了宇宙，——
也震不翻你我“爱墙”内的自由！

（写于1925年8月。1925年9月5日《现代评论》第2卷第39期。）

我来扬子江边买一把莲蓬

我来扬子江边买一把莲蓬；
　手剥一层层莲衣，
　看江鸥在眼前飞，
　忍含着一眼悲泪——
我想着你，我想着你，啊小龙！

我尝一尝莲瓤，回味曾经的温存：——
　那阶前不卷的重帘，
　掩护着同心的欢恋，
　我又听着你的盟言，
“永远是你的，我的身体，我的灵魂。”

我尝一尝莲心，我的心比莲心苦；
　我长夜里怔忡，
　挣不开的恶梦，
　谁知我的苦痛？
你害了我，爱，这日子叫我如何过？

但我不能责你负，我不忍猜你变，

我心肠只是一片柔：

你是我的！我依旧将你紧紧的抱搂——

除非是天翻——但谁能想象那一天？

（写于1925年9月9日。1925年10月29日《晨报副刊》。）

庐山石工歌

一

唉浩！唉浩！唉浩！

唉浩！唉浩！

我们起早，唉浩，

看东方晓，唉浩，东方晓！

唉浩！唉浩！

鄱阳湖低！唉浩，庐山高！

唉浩，庐山高；唉浩，庐山高；

唉浩，庐山高！

唉浩，唉浩！唉浩！

唉浩！唉浩！

二

浩唉！浩唉！浩唉！

浩唉！浩唉！

我们早起，浩唉！

看白云低，浩唉！白云飞！

浩唉！浩唉！

天气好，浩唉！上山去；

浩唉，上山去；浩唉，上山去；
　　浩唉，上山去！
浩唉！浩唉！……浩唉！
　浩唉！浩唉！

三

浩唉！唉浩，浩唉！
唉浩，浩唉！唉浩！
浩唉！唉浩！浩唉！
唉浩！浩唉！唉浩！
　太阳好，唉浩，太阳焦，
　　赛如火烧，唉浩！
大风起，浩唉，白云铺地；
　当心脚底，浩唉；
　　　浩唉，电闪飞，唉浩，大雨暴；
天昏，唉浩，地黑，浩唉
　天雷到，浩唉，天雷到！
　浩唉，鄱阳湖低；唉浩，五老峰高！
　浩唉，上山去，唉浩，上山去！
浩唉，上山去！
　　　唉浩，鄱阳湖低！浩唉，庐山高！
唉浩，上山去，浩唉，上山去！
　　　唉浩，上山去！
浩唉！浩唉！浩唉！
　　　浩唉！浩唉！浩唉！
　　　浩唉！浩唉！浩唉！
　　浩唉！浩唉！浩唉！

（写于1924年8月。1925年4月13日《晨报副刊》。）

西伯利亚道中忆西湖秋雪庵芦色作歌

我捡起一枝肥圆的芦梗，
　　在这秋月下的芦田；
我试一试芦笛的新声，
　　在月下的秋雪庵前。

这秋月是纷飞的碎玉，
　　芦田是神仙的别殿；
我弄一弄芦管的幽乐——
　　我映影在秋雪庵前。

我先吹我心中的欢喜——
　　清风吹露芦雪的酥胸；
我再弄我欢喜的心机——
　　芦田中见万点的飞萤。

我记起了我生平的惆怅，
　　中怀不禁一阵的凄迷，
笛韵中也听出了新来凄凉——
　　近水间有断续的蛙啼。

这时候芦雪在明月下翻舞，
　　我暗地思量人生的奥妙，
我正想谱一折人生的新歌，
　　啊，那芦笛（碎了）再不成音调！

这秋月是缤纷的碎玉，
　　芦田是仙家的别殿；
我弄一弄芦管的幽乐，——
　　我映影在秋雪庵前。

我捡起一枝肥圆的芦梗，
　　在这秋月下的芦田；
我试一试芦笛的新声，
　　在月下的秋雪庵前。

（写于1925年3月中旬过西伯利亚时。1925年9月7日《晨报副刊》。）

西伯利亚

西伯利亚：——我早年时想象
你不是受上天恩情的地域：
荒凉，严肃，不可比况的冷酷。
在冻雾里，在无边的雪地里，
有局促的生灵们，半像鬼，枯瘦，
黑面目，伛偻，默无声的工作。
在他们，这地面是寒冰的地狱，
天空不留一丝霞采的希冀，
更不问人事的恩情，人情的旖旎；
这是为怨郁的人间淤藏怨郁，
茫茫的白雪里渲染人道的鲜血，
西伯利亚，你象征的是恐怖，荒虚。

但今天，我面对这异样的风光——
不是荒原，这春夏间的西伯利亚，
更不见严冬时的坚冰，枯枝，寒鸦；
在这乌拉尔东来的草田，茂旺，葱秀，
牛马的乐园，几千里无际的绿洲，
更有那重叠的森林；赤松与白杨，
灌属的小丛林，手挽手的滋长；
那赤皮松，像巨万赭衣的战士，
森森的，悄悄的，等待冲锋的号示，
那白杨，婀娜的多姿，最是那树皮，
白如霜，依稀林中仙女们的轻衣；
就这天——这天也不是寻常的开朗：
看，蓝空中往来的是轻快的仙航，——
那不是云彩，那是天神们的微笑，
琼花似的幻化在这圆穹的周遭……

一九二五年过西伯利亚倚车窗眺景随笔

（写于 1925 年 3 月。1926 年 4 月 15 日《晨报副刊·诗镌》。）

她怕他说出口

（朋友，我懂得那一条骨鲠，
难受不是？——难为你的咽喉；）
“看，那草瓣上蹲着一只蚱蜢，

那松林里的风声像是箜篌。”

（朋友，我明白，你的眼水里
闪动着你的真情的泪晶；）
“看，那一双蝴蝶连翩的飞；
你试闻闻这紫兰花馨！”

（朋友，你的心在怦怦的动，
我的也不一定是安宁；）
“看，那一对雌雄的双虹！
在云天里卖弄着娉婷；”

（这不是玩，还是不出口的好，
我顶明白你灵魂里的秘密；）
“那是句致命的话，你得想到，
回头你再来追悔那又何必！”

（我不愿你进火焰里去遭罪，
就我——就我也不情愿受苦！）
“你看那双虹已经完全破碎；
花草里不见了蝴蝶儿飞舞。”

（耐着！美不过这半绽的花蕾；
何必再添深这颊上的薄晕？）
“回走吧，天色已是怕人的昏黑，——
明儿再来看鱼肚色的朝云！”

（1925 年 4 月 25 日《晨报·文学旬刊》。）

苏　苏

苏苏是一个痴心的女子：
　　像一朵野蔷薇，她的丰姿；
　　像一朵野蔷薇，她的丰姿——
来一阵暴风雨，摧残了她的身世。

这荒草地里有她的墓碑：
　　淹没在蔓草里，她的伤悲；
　　淹没在蔓草里，她的伤悲——
啊，这荒土里化生了血染的蔷薇！

那蔷薇是痴心女的灵魂，
　　在清早上受清露的滋润，
　　到黄昏时有晚风来温存，
更有那长夜的慰安，看星斗纵横。

你说这应分是她的平安？
　　但运命又叫无情的手来攀，
　　攀，攀尽了青条上的灿烂。——
可怜呵，苏苏她又遭一度的摧残！

（写于1925年5月5日。1925年12月1日《晨报七周年纪念增刊》。）

在哀克刹脱教堂前[①]

这是我自己的身影，今晚间
　倒映在异乡教宇的前庭，
一座冷峭峭森严的大殿，
　一个峭阴阴孤耸的身影。

我对着寺前的雕像发问：
　“是谁负责这离奇的人生？”
老朽的雕像瞅着我发愣，
　仿佛怪嫌这离奇的疑问。

我又转问那冷郁郁的大星，
　它正升起在这教堂的后背，
但它答我以嘲讽似的迷瞬，
　在星光下相对，我与我的迷谜！

这时间我身旁的那棵老树，
　他荫蔽着战迹碑下的无辜，
幽幽的叹一声长气，像是
　凄凉的空院里凄凉的秋雨。

他至少有百余年的经验，
　人间的变幻他什么都见过；
生命的顽皮他也曾计数：

① 原诗名为《在哀克刹脱（Excter）教堂前》。哀克刹脱教堂，现通译为埃克塞特教堂，位于英国埃克塞特市中心的一座哥特式建筑风格的教堂。

　　春夏间汹汹，冬季里婆婆。

他认识这镇上最老的前辈，
　　看他们受洗，长黄毛的婴孩；
看他们配偶，也在这教门内，——
　　最后看他们的名字上墓碑！

这半悲惨的趣剧他早经看厌，
　　他自身臃肿的残余更不沾恋；
因此他与我同心，发一阵叹息——
　　啊！我身影边平添了斑斑的落叶！

（写于1925年7月。1926年5月27日《晨报副刊·诗镌》第9号。）

海　韵

一

“女郎，单身的女郎，
　你为什么留恋
　这黄昏的海边？——
女郎，回家吧，女郎！”
“啊不；回家我不回。
　我爱这晚风吹。”——
　在沙滩上，在暮霭里，
有一个散发的女郎——
　　　　徘徊，徘徊。

二

“女郎，散发的女郎，
你为什么彷徨
在这冷清的海上？
女郎，回家吧，女郎！”
“啊不；你听我唱歌，
大海，我唱，你来和。”——
在星光下，在凉风里。
轻荡着少女的清音——
高吟，低哦。

三

“女郎，胆大的女郎！
那天边扯起了黑幕，
这顷刻间有恶风波，——
女郎，回家吧，女郎！”
“啊不；你看我凌空舞，
学一个海鸥没海波。”——
在夜色里，在沙滩上，
急旋着一个苗条的身影，——
婆娑，婆娑。

四

“听呀，那大海的震怒，
女郎，回家吧，女郎！
看呀，那猛兽似的海波，
女郎，回家吧，女郎！”
“啊不：海波他不来吞我，

我爱这大海的颠簸！”——
在潮声里，在波光里，
啊，一个慌张的少女在海沫里，
蹉跎，蹉跎。

五

“女郎，在哪里，女郎？
在哪里，你嘹亮的歌声？
在哪里，你窈窕的身影？
在哪里，啊，勇敢的女郎？”
黑夜吞没了星辉，
这海边再没有光芒；
海潮吞没了沙滩，
沙滩上再不见女郎，——
再不见女郎！

（1925 年 8 月 17 日《晨报·文学旬刊》。）

呻吟语

我亦愿意赞美这神奇的宇宙，
我亦愿意忘却了人间有忧愁，
像一只没挂累的梅花雀，
清朝上歌曲，黄昏时跳跃；——
假如她清风似的常在我的左右！

我亦想望我的诗句清水似的流，
我亦想望我的心池鱼似的悠悠；
　　但如今膏火是我的心，
　　再休问我闲暇的诗情？——
上帝！你一天不还她生命与自由！

（写于1925年8月。1925年9月3日《晨报副刊》。）

客　中

今晚天上有半轮的下弦月；
　　我想携着她的手，
　　往明月多处走——
一样是清光，我说，圆满或残缺。

园里有一树开剩的玉兰花；
　　她有的是爱花癖，
　　我爱看她的怜惜——
一样是芬芳，她说，满花与残花。

浓荫里有一只过时的夜莺；
　　她受了秋凉，
　　不如从前浏亮——
快死了，她说，但我不悔我的痴情！

但这莺，这一树花，这半轮月——

我独自沉吟，
　　对着我的身影——
她在那里，啊，为什么伤悲，凋谢，残缺？

（写于1925年9月。1925年12月10日《晨报副刊》。）

再不见雷峰

再不见雷峰，雷峰坍成了一座大荒冢，
　　顶上有不少交抱的青葱；
　　顶上有不少交抱的青葱，
再不见雷峰，雷峰坍成了一座大荒冢。

为什么感慨，对着这光阴应分的摧残？
　　世上多的是不应分的变态；
　　世上多的是不应分的变态，
发什么感慨，对着这光阴应分的摧残？

为什么感慨，这塔是镇压，这坟是掩埋——
　　镇压还不如掩埋来得痛快！
　　镇压还不如掩埋来得痛快，
发什么感慨，这塔是镇压，这坟是掩埋！

再没有雷峰，雷峰从此掩埋在人的记忆中，
　　像曾经的幻梦，曾经的爱宠；
　　像曾经的幻梦，曾经的爱宠，

再没有雷峰，雷峰从此掩埋在人的记忆中。

九月，西湖

（写于 1925 年 9 月 17 日。1925 年 10 月 5 日《晨报副刊》。）

这年头活着不易

昨天我冒着大雨到烟霞岭下访桂；
　　南高峰在烟霞中不见，
　　在一家松茅铺的屋檐前
　　我停步，问一个村姑今年
翁家山的桂花有没有去年开的媚。

那村姑先对着我身上细细的端详：
　　活像只羽毛浸瘪了的鸟，
　　我心想，她定觉得蹊跷。
　　在这大雨天单身走远道，
倒来没来头的问桂花今年香不香。

“客人，你运气不好，来得太迟又太早：
　　这里就是有名的满家弄，
　　往年这时候到处香得凶，
　　这几天连绵的雨，外加风，
弄得这稀糟，今年的早桂就算完了。”

果然这桂子林也不能给我点子欢喜：

枝上只见焦萎的细蕊，
看着凄惨，唉，无妄的灾！
为什么这到处是憔悴？
这年头活着不易！这年头活着不易！

西湖，九月

（写于1925年9月17日。1925年10月12日《晨报副刊》。）

运命的逻辑

一

前天她在水晶宫似照亮的大厅里跳舞——
多么亮她的袜！
多么滑她的发！
她那牙齿上的笑痕叫全堂的男子们疯魔。

二

昨来她短了资本，
变卖了她的灵魂；
那戴喇叭帽的魔鬼在她的耳边传授了秘诀，
她起了皱纹的脸又搽上不少男子们的心血。

三

今天在城隍庙前阶沿上坐着的这个老丑，
她胸前挂着一串，不是珍珠，是男子们的骷髅；
神道见了她摇头，

魔鬼见了她哆嗦！

（1925 年 10 月 8 日《晨报副刊》。）

丁当——清新

檐前的秋雨在说什么？
　它说摔了她，忧郁什么？
我手拿起案上的镜框，
　在地平上摔了一个丁当。

檐前的秋雨又在说什么？
　“还有你心里那个留着做什么？”
蓦地里又听见一声清新——
　这回摔破的是我自己的心！

（写于 1925 年秋。1925 年 12 月 1 日《晨报七周年纪念增刊》。）

决　断

我的爱：
再不可迟疑；
误不得

这唯一的时机，

天平秤——
在你自己心里，
哪头重——
法码都不用比！

你我的——
哪还用着我提？
下了种，
就得完功到底。

生，爱，死——
三连环的迷谜；
拉动一个，
两个就跟着挤。

老实说，
我不希罕这活，
这皮囊，——
哪处不是拘束。

要恋爱，
要自由，要解脱——
这小刀子，
许是你我的天国！

可是不死
就得跑，远远的跑；

谁耐烦
在这猪圈里捞骚？

险——
不用说，总得冒，
不拚命，
哪件事拿得着？

看那星，
多勇猛的光明！
看这夜，
多庄严，多澄清！

走吧，甜，
前途不是暗昧；
多谢天，
从此跳出了轮回！

（写于1925年11月。1925年11月25日《晨报副刊》。）

三月十二深夜大沽口外

今夜困守在大沽口外：
　　绝海里的俘虏，
　　对着忧愁申诉；
桅上的孤灯在风前摇摆：

天昏昏有层云裹，
那掣电是探海火！

你说不自由是这变乱的时光？
但变乱还有时罢休，
谁敢说人生有自由？
今天的希望变作明天的怅惘；
星光在天外冷眼瞅，
人生是浪花里的浮沤！

我此时在凄冷的甲板上徘徊，
听海涛迟迟的吐沫，
心空如不波的湖水；
只一丝云影在这湖心里晃动——
不曾渗透的一个迷梦，
不忍渗透的一个迷梦！

（写于1926年3月12日。1926年3月22日《晨报副刊》。）

白须的海老儿

那船平空在海中心抛锚，
也不顾我心头野火似的烧！
那白须的海老倒像有同情，
他声声问的是为甚不进行？

我伸手向黑暗的空间抱，
谁说这缥缈不是她的腰？
我又飞吻给银河边的星，
那是我爱最灵动的明睛。

但这来白须的海老又生恼，
（他忌妒少年情，别看他年老！
他说你情急我偏给你不行，
你怎生跳度这碧波的无垠？）

果然那老顽皮有他的蹊跷，
这心头火差一点变海水里泡！
但此时我忙着亲我爱的香唇，
谁耐烦再和白须的海老儿争？

（写于1926年3月12日。1926年3月27日《晨报副刊》。）

梅雪争春（纪念三一八）

南方新年里有一天下大雪，
我到灵峰去探春梅的消息；
残落的梅萼瓣瓣在雪里腌，
我笑说这颜色还欠三分艳！

运命说：你赶花朝节前回京，
我替你备下真鲜艳的春景：

白的还是那冷翩翩的飞雪，
但梅花是十三龄童的热血！

（1926年4月1日《晨报副刊·诗镌》第1号。）

罪与罚（一）

在这冰冷的深夜，在这冰冷的庙前，
匍匐着，星光里照出，一个冰冷的人形：
是病吗？不听见有呻吟。
死了吗？她肢体在颤震。
啊，假如你的手能向深奥处摸索，
她那冰冷的身体里还有个更冷的心！
她不是遇难的孤身，
她不是被摈弃的妇人；
不是尼僧，尼僧也不来深夜里修行；
她没有犯法，她的不是寻常的罪名：
她是一个美妇人，
她是一个恶妇人，——
她今天忽然发觉了她无形中的罪孽，
因此在这深夜里到上帝跟前来招认。

（1926年4月21日《晨报副刊·诗镌》第4号。）

罪与罚（二）

“你——你问我为什么对你脸红？
这是天良，朋友，天良的火烧，
好，交给你了，记下我的口供，
满铺着谎的床上哪睡得着？

“你先不用问她们那都是谁，
回头你——（你有水不？我喝一口。
单这一提，我的天良就直追，
逼得我一口气直顶着咽喉。）

“冤孽！天给我这样儿：毒的香，
造孽的根，假温柔的野兽！
什么意识，什么天理，什么思想，
那敌得住那肉鲜鲜的引诱！

“先是她家那嫂子，风流，当然：
偏嫁了个丈夫不是个男人；
这干烤着的木柴早够危险，
再来一星星的火花——不就成！

“那一星的火花正轮着我——该！
才一面，够干脆的，魔鬼的得意；
一瞟眼，一条线，半个黑夜：
十七岁的童贞，一个活寡的急！

“堕落是一个进了出不得的坑，
可不是个陷坑，越陷越没有底，
咒他的！一桩桩更鲜艳的沉沦，
挂彩似的扮得我全没了主意！

“现吃亏的当然是女人，也可怜，
一步的孽报追着一步的孽因，
她又不能往阉子身上推，活罪，——
一包药粉换着了一身的毒鳞！

“这还是引子，下文才真是孽债：
她家里另有一双并蒂的白莲，
透水的鲜，上帝禁阻闲蜂来采，
但运命偏不容这白玉的贞坚。

“那西湖上一宿的猖狂，又是我，
你知道，捣毁了那并蒂的莲苞——
单只一度！但这一度！谁能饶恕
天，这蹂躏！这色情狂的恶屠刀！

“那大的叫铃的偏对浪子情痴，
她对我矢贞，你说这事情多瘪！
我本没有自由，又不能伴她死，
眼看她疯，丢丑，喔！雷砸我的脸！

“这事情说来你也该早明白，
我见着你眼内一阵阵的冒火：
本来！今儿我是你的囚犯，听凭
你发落，你裁判，杀了我，绞了我；

“我半点儿不生怨意，我再不能
不自首，天良逼得我没缝儿躲；
年轻人谁免得了有时候朦混，
但是天，我的分儿不有点太酷？

“谁料到这造孽的网兜着了你，
你，我的长兄，我的唯一的好友！
你爱箕，箕也爱你；箕是无罪的：
有罪是我，天罚那离奇的引诱！

“她的忠顺你知道，这六七年里，
她哪一事不为你牺牲，你不说
女人再没有箕的自苦；她为你
甘心自苦，为要洗净那一点错。

“这错又不是她的，你不能怪她；
话说完了，我放下了我的重负，
我唯一的祈求是保全你的家：
她是无罪的，我再说，我的朋友！”

（1927 年 9 月上海新月书店《翡冷翠的一夜》。）

再休怪我的脸沉

不要着恼，乖乖，不要怪嫌
　　我的脸绷得直长，
　　我的脸绷得是长，
可不是对你，对恋爱生厌。

不要凭空往大坑里盲跳：
　　胡猜是一个大坑，
　　这里面坑得死人；
你听我讲，乖，用不着烦恼。

你，我的恋爱，早就不是你：
　　你我早变成一身，
　　呼吸，命运，灵魂——
再没有力量把你我分离。

你我比是桃花接上竹叶，
　　露水合着嘴唇吃，
　　经脉胶成同命丝，
单等春风到开一个满艳。

谁能怀疑他自创的恋爱？
　　天空有星光耿耿，
　　冰雪压不倒青春，
任凭海有时枯，石有时烂！

不是的，乖，不是对爱生厌！
你胡猜我也不怪，
我的样儿是太难，
反正我得对你深深道歉。

不错，我恼，恼的是我自己：
（山怨土堆不够高；
河对水私下唠叨。）
恨我自已为甚这不争气。

我的心（我信）比似个浅洼：
跳动着几条泥鳅，
积不住三尺清流，
盼不到天光，映不着彩霞；

又比是个力乏的朝山客；
他望见白云缭绕，
拥护着山远山高，
但他只能在倦疲中沉默。

也不是不认识上天威力；
他何尝甘愿绝望，
空对着光阴怅惘——
你到深夜里来听他悲泣！

就说爱，我虽则有了你，爱，
不愁在生命道上。
感受孤立的恐慌，
但天知道我还想往上攀！

恋爱，我要更光明的实现：
　　草堆里一个萤火，
　　企慕着天顶星罗：
我要你我的爱高比得天！

我要那洗度灵魂的圣泉，
　　洗掉这皮囊腌臜，
　　解放内裹的囚犯，
化一缕轻烟，化一朵青莲。

这，你看，才叫是烦恼自找；
　　从清晨直到黄昏，
　　从天昏又到天明，
活动着我自剖的一把钢刀！

不是自杀，你得认个分明。
　　劈去生活的余渣，
　　为要生命的精华；
给我勇气，啊，唯一的亲亲！

给我勇气，我要的是力量，
　　快来救我这围城，
　　再休怪我的脸沉，
快来，乖乖，抱住我的思想！

四月二十二日

（写于1926年4月22日。1926年4月29日《晨报副刊·诗镌》第5号。）

望　月

月：我隔着窗纱，在黑暗中，
望她从巉岩的山肩挣起——
一轮惺忪的不整的光华：
像一个处女，怀抱着贞洁，
惊惶的，挣出强暴的爪牙；

这使我想起你，我爱，当初
也曾在恶运的利齿间捱！
但如今，正如蓝天里明月：
你已升起在幸福的前峰，
洒光辉照亮地面的坎坷！

（1926 年 5 月 6 日《晨报副刊·诗镌》第 6 号。）

又一次试验

上帝捋着他的须。
说：“我又有了兴趣；
上次的试验有点糟，
这回的保管是高妙。”

脱下了他的枣红袍，

戴上了他的遮阳帽，
老头他抓起一把土，
快活又有了工作做。

“这回不叫再像我，”
他弯着手指使劲塑；
“鼻孔还是给你有，
可不把灵性往里透！”

“给了也还是白丢，
能有几个走回头：
灵性又不比鲜鱼子，
化生在水里就长翅！”

“我老头再也不上当，
眼看圣洁的变肮脏，——
就这儿情形多可气，
哪个安琪身上不带蛆！”

（1926年5月6日《晨报副刊·诗镌》第6号。）

新催妆曲

一

新娘，你为什么紧锁你的眉尖，
（听掌声如春雨吼，

鼓乐暴雨似的流！）
在缤纷的花雨中步慵慵的向前：
（向前，向前，到礼台边，
见新郎面！）
莫非这嘉礼惊醒了你的忧愁：
一针针的忧愁，
你的芳心刺透，
逼迫你热泪流，——
新娘，为什么你紧锁你的眉尖？

二

新娘，这礼堂不是杀人的屠场，
（听掌声如震天雷，
闹乐暴雨似的催！）
那台上站着的不是吃人的魔王：
他是新郎，
他是新郎，
你的新郎；
新娘，美满的幸福等在你的前面，
你快向前，
到礼台边，
见新郎面——
新娘，这礼堂不是杀人的屠场！

三

新娘，有谁猜得你的心头怨？——
（听掌声如劈山雷，
鼓乐暴雨似的催，
催花巍巍的新人快步的向前，

　　向前，向前，到礼台边，
　　见新郎面。）
莫非你到今朝，这定运的一天，
　　又想起那时候，
　　他热烈的抱搂，
　　那颤栗，那绸缪——
新娘，有谁猜得你的心头怨？

四

新娘，把钩消的墓门压在你的心上：
　　（这礼堂是你的坟场，
　　你的生命从此埋葬！）
让伤心的热血添浓你颊上的红光；
　　（你快向前，到礼台边，
　　见新郎面！）
忘却了，永远忘却了人间有一个他：
　　让时间的灰烬，
　　掩埋了他的心，
　　他的爱，他的影，——
新娘，谁不艳羡你的幸福，你的荣华！

（1926 年 5 月 13 日《晨报副刊·诗镌》第 7 号。）

半夜深巷琵琶

又被它从睡梦中惊醒，深夜里的琵琶！
　　是谁的悲思，
　　是谁的手指，
像一阵凄风，像一阵惨雨，像一阵落花，
　　在这夜深深时，
　　在这睡昏昏时，
挑动着紧促的弦索，乱弹着宫商角徵，
　　和着这深夜，荒街，
　　柳梢头有残月挂，
啊，半轮的残月，像是破碎的希望，他
　　头戴一顶开花帽，
　　身上带着铁链条，
在光阴的道上疯了似的跳，疯了似的笑，
　　完了，他说，吹糊你的灯，
　　她在坟墓的那一边等，
等你去亲吻，等你去亲吻，等你去亲吻！

（1926 年 5 月 20 日《晨报副刊·诗镌》第 8 号。）

大帅（战歌之一）

（见日报，前敌战士，随死随掩，间有未死者，即被活埋。）

“大帅有命令以后打死了的尸体
再不用往回挪（叫人看了挫气），
就在前边儿挖一个大坑。
拿瘪了的弟兄们往里掷，
掷满了给平上土，
给它一个大糊涂，
也不用给做记认，
管他是姓贾姓曾！
也好，省得他们家里人见了伤心：
娘抱着个烂了的头，
弟弟提溜着一支手，
新娶的媳妇到手个脓包的腰身！”

“我说这坑死人也不是没有味儿，
有那西晒的太阳做我们的伴儿，
瞧我这一抄，抄住了老丙，
他大前天还跟我吃烙饼，
叫了壶大白干，
咱们俩随便谈，
你知道他那神气，
一只眼老是这挤：
谁想他来不到三天就做了炮灰，
老丙他打仗倒是勇，

你瞧他身上的窟窿！——
去你的，老丙，咱们来就是当死胚！

“天快黑了，怎么好，还有这一大堆？
听炮声，这半天又该是我们的毁！
麻利点儿，我说你瞧，三哥，
那黑刺刺的可不又是一个！
嘿，三哥，有没有死的，
还开着眼流着泪哩！
我说三哥这怎么来，
总不能拿人活着埋！”——
“吁，老五，别言语，听大帅的话没有错：
见个儿就给铲，
见个儿就给埋，
躲开，瞧我的，欧，去你的，谁跟你啰嗦！”

（1926 年 6 月 3 日《晨报副刊·诗镌》第 10 号。）

人变兽（战歌之二）

朋友，这年头真不容易过。
你出城去看光景就有数：——
柳林中有乌鸦们在争吵，
分不匀死人身上的脂膏；

城门洞里一阵阵的旋风起，

跳舞着没脑袋的英雄，
那田畦里碧葱葱的豆苗，
你信不信全是用鲜血浇！

还有那井边挑水的姑娘，
你问她为甚走道像带伤——
抹下西山黄昏的一天紫，
也涂不没这人变兽的耻！

（写于1926年5月。1926年6月3日《晨报副刊·诗镌》第10号。）

两地相思

一　他——

今晚的月亮像她的眉毛，
　这弯弯的够多俏！
今晚的天空像她的爱情，
　这蓝蓝的够多深！
那样多是你的，我听她说，
　你再也不用疑惑；
给你这一团火，她的香唇，
　还有她更热的腰身！
谁说做人不该多吃点苦？——
　吃到了底才有数。
这来可苦了她，盼死了我，
　半年不是容易过！

她这时候，我想，正靠着窗，
　手托着俊俏脸庞，
在想，一滴泪正挂在腮边，
　像露珠沾上草尖：
在半忧愁半欢喜的预计，
　计算着我的归期：
啊，一颗纯洁的爱我的心，
　那样的专！那样的真！
还不催快你胯下的牲口，
　趁月光清水似流，
趁月光清水似流，赶回家
　去亲你唯一的她！

二　她——

今晚的月色又使我想起，
　我半年前的昏迷，
那晚我不该喝那三杯酒，
　添了我一世的愁；
我不该把自由随手给扔，——
　活该我今儿的闷！
他待我倒真是一片至诚，
　像竹园里的新笋，
不怕风吹，不怕雨打，一样
　他还是往上滋长；
他为我吃尽了苦，就为我
　他今天还在奔波；——
我又没有勇气对他明讲
　我改变了的心肠！
今晚月儿弓样，到月圆时

　我，我如何能躲避！
我怕，我爱，这来我真是难，
　恨不能往地底钻；
可是你，爱，永远有我的心，
　听凭我是浮是沉；
他来时要抱，我就让他抱，
　（这葫芦不破的好，）
但每回我让他亲——我的唇，
　爱，亲的是你的吻！

（1926 年 6 月 10 日《晨报副刊·诗镌》第 11 号。）

珊　瑚

你再不用想我说话，
　我的心早沉在海水底下；
你再不用向我叫唤，
　因为我——我再不能回答！

除非你——除非你也来在
　这珊瑚骨环绕的又一世界；
等海风定时的一刻清静，
　你我来交互你我的幽叹。

（1926 年 9 月 29 日《晨报副刊》。）

变与不变

树上的叶子说："这来又变样儿了，
你看，有的是抽心烂，有的是卷边焦！"
"可不是，"答话的是我自己的心：
它也在冷酷的西风里褪色，凋零。

这时候连翩的明星爬上了树尖；
"看这儿，"它们仿佛说，"有没有改变？"
"看这儿，"无形中又发动了一个声音，
"还不是一样鲜明？"——插话的是我的魂灵！

（写于1927年春季。1927年9月上海新月书店《翡冷翠的一夜》。）

最后的那一天

在春风不再回来的那一年，
在枯枝不再青条的那一天，
　那时间天空再没有光照，
　只黑蒙蒙的妖氛弥漫着：
太阳，月亮，星光死去了的空间；

在一切标准推翻的那一天，
在一切价值重估的那时间，

暴露在最后审判的威灵中。
一切的虚伪与虚荣与虚空。
赤裸裸的灵魂们匍匐在主的跟前；——

我爱，那时间你我再不必张皇，
更不须声诉，辨冤，再不必隐藏，——
你我的心，像一朵雪白的并蒂莲，
在爱的青梗上秀挺，欢欣，鲜妍，——
在主的跟前，爱是唯一的荣光。

（1927年9月上海新月书店《翡冷翠的一夜》。）

天神似的英雄

这石是一堆粗丑的顽石，
这百合是一丛明媚的秀色；
但当月光将花影描上石隙，
这粗丑的顽石也化生了媚迹。

我是一团臃肿的凡庸，
她的是人间无比的仙容；
但当恋爱将她偎入我的怀中，
就我也变成了天神似的英雄！

（写于1927年左右。1927年9月上海新月书店《翡冷翠的一夜》。）

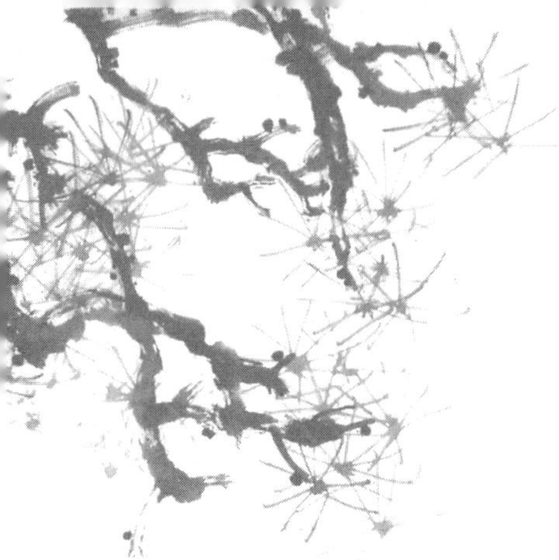

猛虎集

再别康桥

轻轻的我走了，
　正如我轻轻的来；
我轻轻的招手，
　作别西天的云彩。

那河畔的金柳，
　是夕阳中的新娘；
波光里的艳影，
　在我的心头荡漾。

软泥上的青荇，
　油油的在水底招摇；
在康河的柔波里，
　我甘心做一条水草！

那榆荫下的一潭，
　不是清泉，是天上虹，
揉碎在浮藻间，
　沉淀着彩虹似的梦。

寻梦？撑一支长篙，
　向青草更青处漫溯，
满载一船星辉，
　在星辉斑斓里放歌。

但我不能放歌，
　　悄悄是别离的笙箫；
夏虫也为我沉默，
　　沉默是今晚的康桥！

悄悄的我走了，
　　正如我悄悄的来；
我挥一挥衣袖，
　　不带走一片云彩。

十一月六日　中国海上

（写于1928年11月6日。1928年12月10日《新月》第1卷第10号。）

我不知道风是在哪一个方向吹

我不知道风
是在哪一个方向吹——
我是在梦中，
在梦的轻波里依洄。

我不知道风
是在哪一个方向吹——
我是在梦中，
她的温存，我的迷醉。

我不知道风

是在哪一个方向吹——
我是在梦中，
甜美是梦里的光辉。

我不知道风
是在哪一个方向吹——
我是在梦中，
她的负心，我的伤悲。

我不知道风
是在哪一个方向吹——
我是在梦中，
在梦的悲哀里心碎！

我不知道风
是在哪一个方向吹——
我是在梦中，
黯淡是梦里的光辉。

（写于1928年年初。1928年3月10日《新月》第1卷第1号。）

我等候你

我等候你。
我望着户外的昏黄
如同望着将来，

我的心震盲了我的听。
你怎还不来？希望
在每一秒钟上允许开花。
我守候着你的步履，
你的笑语，你的脸，
你的柔软的发丝，
守候着你的一切；
希望在每一秒钟上
枯死——你在哪里？
我要你，要得我心里生痛，
我要你的火焰似的笑，
要你的灵活的腰身，
你的发上眼角的飞星；
我陷落在迷醉的氛围中，
像一座岛，
在蟒绿的海涛间，不自主的在浮沉……
喔，我迫切的想望
你的来临，想望
那一朵神奇的优昙
开上时间的顶尖！
你为什么不来，忍心的？
你明知道，我知道你知道，
你这不来于我是致命的一击，
打死我生命中乍放的阳春，
教坚实如矿里的铁的黑暗，
压迫我的思想与呼吸；
打死可怜的希冀的嫩芽，
把我，囚犯似的，交付给
妒与愁苦，生的羞惭

与绝望的惨酷。
这也许是痴。竟许是痴。
我信我确然是痴；
但我不能转拨一支已然定向的舵，
万方的风息都不容许我犹豫——
我不能回头，运命驱策着我！
我也知道这多半是走向
毁灭的路；但
为了你，为了你
我什么也都甘愿；
这不仅我的热情，
我的仅有的理性亦如此说。
痴！想磔碎一个生命的纤微
为要感动一个女人的心！
想博得的，能博得的，至多是
她的一滴泪，
她的一阵心酸，
竟许一半声漠然的冷笑；
但我也甘愿，即使
我粉身的消息传到
她的心里如同传给
一块顽石，她把我看作
一只地穴里的鼠，一条虫，
我还是甘愿！
痴到了真，是无条件的，
上帝他也无法调回一个
痴定了的心，如同一个将军
有时调回已上死线的士兵。
枉然，一切都是枉然，

你的不来是不容否认的实在，
虽则我心里烧着泼旺的火，
饥渴着你的一切，
你的发，你的笑，你的手脚；
任何的痴想与祈祷
不能缩短一小寸
你我间的距离！
户外的昏黄已然
凝聚成夜的乌黑，
树枝上挂着冰雪，
鸟雀们典去了它们的啁啾，
沉默是这一致穿孝的宇宙。
钟上的针不断的比着
玄妙的手势，像是指点，
像是同情，像是嘲讽，
每一次到点的打动，我听来是
我自己的心的
活埋的丧钟。

（1929 年 10 月 10 日《新月》第 3 卷第 8 号。）

一块晦色的路碑

脚步轻些，过路人！
休惊动那最可爱的灵魂，
如今安眠在这地下，

有绛色的野草花掩护她的余烬。

你且站定，在这无名的土阜边，
任晚风吹弄你的衣襟；
倘如这片刻的静定感动了你的悲悯，
让你的泪珠圆圆的滴下——
为这长眠着的美丽的灵魂！

过路人，假若你也曾
在这人间不平的道上颠顿，
让你此时的感愤凝成最锋利的悲悯，
在你的激震着的心叶上。
刺出一滴，两滴的鲜血——
为这遭冤屈的最纯洁的灵魂！

（写于 1925 年 3 月 1 日。1925 年 3 月 7 日《晨报副刊》。）

残　春

昨天我瓶子里斜插着的桃花，
是朵朵媚笑在美人的腮边挂；
今儿它们全低了头，全变了相：——
红的白的尸体倒悬在青条上。

窗外的风雨报告残春的运命，
丧钟似的音响在黑夜里叮咛：

"你那生命的瓶子里的鲜花也
变了样；艳丽的尸体，谁给收殓？"

（写于 1927 年 4 月 20 日。1928 年 5 月 10 日《新月》第 1 卷第 3 号。）

干着急

朋友，这干着急有什么用，
喝酒玩吧，这槐树下凉快；
看槐花直掉在你的杯中——
别嫌它：这也是一种的爱。

胡知了到天黑还在直叫
（她为我的心跳还不一样？）
那紫金山头有夕阳返照
（我心头，不是夕阳，是惆怅！）

这天黑得草木全变了形
（天黑可盖不了我的心焦；）
又是一天，天上点满了银
（又是一天，真是，这怎么好！）

秀山公园　八月二十七日

（写于 1927 年 8 月 27 日。1927 年 9 月 10 日《现代评论》第 6 卷第 144 期。）

俘虏颂

我说朋友，你见了没有，那俘虏：
　拼了命也不知为谁，
　提着杀人的凶器，
　带着杀人的恶计，
　趁天没有亮，堵着嘴，
望长江的浓雾里悄悄的飞渡；

趁太阳还在崇明岛外打盹，
　满江心只是一片阴，
　破着褴褛的江水，
　不提防冤死的鬼，
　爬在时间背上讨命，
挨着这一船船替死来的接吻；

他们摸着了岸就比到了天堂：
　顾不得险，顾不得潮，
　一耸身就落了地
　（梦里的青蛙惊起，）
　踹烂了六朝的青草，
燕子矶的嶙峋都变成了康庄！

干什么来了，这“大无畏”的精神？
　算是好男子不怕死？——
　为一个人的荒唐，
　为几块钱的奖赏，

　闯进了魔鬼的圈子，
供献了身体，在乌龙山下变粪？

看他们今儿个做俘虏的光荣！
　身上脸上全挂着彩，
　眉眼糊成了玫瑰，
　口鼻裂成了山水，
　脑袋顶着朵大牡丹，
在夫子庙前，在秦淮河边寻梦！

九月四日

此诗原投《现代评论》，刊出后编辑先生来信，说他擅主割去了末了一段，因为有了那一段诗意即成了“反革命”，剪了那一段则是“绝妙的一首革命诗”，因而为报也为作者，他决意割去了那条不革命的尾巴！我原稿就只那一份，割去那一段我也记不起，重做也不愿意，要删又有朋友不让，所以就让它照这“残样”站着吧。

志摩

（写于 1927 年 9 月 4 日。1927 年 9 月 17 日《现代评论》第 6 卷第 145 期。）

秋　虫

秋虫，你为什么来？
人间早不是旧时候的清闲；
这青草，这白露，也是呆：

再也没有用，这些诗材！
黄金才是人们的新宠，
她占了白天，又霸住梦！
爱情：像白天里的星星，
她早就回避，早没了影。
天黑它们也不得回来，
半空里永远有乌云盖。
还有廉耻也告了长假，
他躺在沙漠地里住家；
花尽着开可结不成果，
思想被主义奸污得苦！
你别说这日子过得闷，
晦气脸的还在后面跟！
这一半也是灵魂的懒，
他爱躲在园子里种菜，
“不管，”他说：“听他往下丑——
变猪，变蛆，变蛤蟆，变狗……
过天太阳羞得遮了脸，
月亮残阙了再不肯圆，
到那天人道真灭了种，
我再来打——打革命的钟！”

一九二七年秋

（1928 年 3 月 10 日《新月》第 1 卷第 1 号。）

哈 代

哈代，厌世的，不爱活的，
　这回再不用怨言，
一个黑影蒙住他的眼？
　去了，他再不露脸。

八十八年不是容易过，
　老头活该他的受，
扛着一肩思想的重负，
　早晚都不得放手。

为什么放着甜的不尝，
　暖和的座儿不坐，
偏挑那阴凄的调儿唱，
　辣味儿辣得口破。

他是天生那老骨头僵，
　一对眼拖着看人，
他看着了谁谁就遭殃，
　你不用跟他讲情！

他就爱把世界剖着瞧，
　是玫瑰也给拆坏；
他没有那画眉的纤巧。
　他有夜鸮的古怪！

古怪，他争的就只一点——
　一点灵魂的自由，
也不是成心跟谁翻脸，
　认真就得认个透。

他可不是没有他的爱——
　他爱真诚，爱慈悲：
人生就说是一场梦幻，
　也不能没有安慰。

这日子你怪得他惆怅，
　怪得他话里有刺：
他说乐观是“死尸脸上
　抹着粉，搽着胭脂！”

这不是完全放弃希冀，
　宇宙还得往下延，
但如果前途还有生机，
　思想先不能随便。

为维护这思想的尊严，
　诗人他不敢怠惰，
高擎着理想，睁大着眼，
　抉剔人生的错误。

现在他去了，再不说话，
　（你听这四野的静，）
你爱忘了他就忘了他

（天吊明哲的凋零！）

旧历元旦

（写于1928年年初。1928年3月10日《新月》第1卷第1号。）

生 活

阴沉，黑暗，毒蛇似的蜿蜒，
生活逼成了一条甬道：
一度陷入，你只可向前，
手扪索着冷壁的黏潮，

在妖魔的脏腑内挣扎，
头顶不见一线的天光，
这魂魄，在恐怖的压迫下，
除了消灭更有什么愿望？

五月二十九日

（写于1928年5月29日。1929年5月10日《新月》第2卷第3号。）

西　窗

一

这西窗
这不知趣的西窗放进
四月天时下午三点钟的阳光
一条条直的斜的羼躺在我的床上；

放进一团捣乱的风片
搂住了难免处女羞的花窗帘，
呵她痒，腰弯里，脖子上，
羞得她直飏在半空里，刮破了脸；

放进下面走道上洗被单
衬衣大小毛巾的胰子味，
厨房里饭焦鱼腥蒜苗是腐乳的沁芳南[1]
还有弄堂里的人声比狗叫更显得松脆。

二

当然不知趣也不止是这西窗，
但这西窗是够顽皮的，
它何尝不知道这是人们打中觉的好时光！
拿一件衣服，不，拿这条绣外国花的毛毯，
　堵死了它，给闷死了它：
耶稣死了我们也好睡觉！
直着身子，不好，弯着来，

① 沁芳南，symphony，现通译为交响乐。

学一只卖弄风骚的大龙虾，
在清浅的水滩上引诱水波的荡意！
对呀，叫迷离的梦意像浪丝似的
爬上你的胡须，你的衣袖，你的呼吸……

你对着你脚上又新破了一个大窟窿的袜子发愣或是忙着送玲巧的手指到神秘的胳肢窝搔痒——可不是搔痒的时候
你的思想不见会得长上那拿把不住的大翅膀：

谢谢天，这是烟士披里纯[1]来到的刹那间
因为有窟窿的破袜是绝对的理性，
胳肢窝里虱类的痒是不可怀疑的实在。

三

香炉里的烟，远山上的雾，人的贪嗔和心机；
经络里的风湿，话里的刺，笑脸上的毒，
谁说这宇宙这人生不够富丽的？

你看那市场上的盘算，比那矗着大烟筒
走大洋海的船的肚子里的机轮更来得复杂，
血管里疙瘩着几两几钱，几钱几两，
脑子里也不知哪来这许多尖嘴的耗子爷？

还有那些比柱石更重实的大人们，他们也有他们的盘算；
他们手指间夹着的雪茄虽则也冒着一卷卷成云彩的

① 烟士披里纯，英文 inspiration（灵感）的音译。

烟，
但更曲折，更奥妙，更像长虫的翻戏，
是他们心里的算计，怎样到意大利喀辣辣矿山里去
搬运一个大石座来站他一个足够与灵龟比赛的年
岁，
何况还有波斯兵的长枪，匈奴的暗箭……

再有从上帝的创造里单独创造出来曾向农商部呈请
创造专利的文学先生们，这是个奇迹的奇迹，
正如狐狸精对着月光吞吐她的命珠，
他们也是在月光勾引潮汐时学得他们的职业秘密。
青年的血，尤其是滚沸过的心血，是可口的：——
他们借用普罗列塔里亚[①]的瓢匙在彼此请呀请的舀着
喝。
他们将来铜像的地位一定望得见朱温张献忠的。

绣着大红花的俄罗斯毛毯方才拿来蒙住西窗的也不
知怎的滑溜了下来，不容做梦人继续他的冒险，
但这些滑腻的梦意钻软了我的心
像春雨的细脚踹软了道上的春泥。
西窗还是不挡着的好，虽则弄堂里的人声有时比狗
叫更显得松脆。
这是谁说的："拿手擦擦你的嘴，
这人间世在洪荒中不住的转，
像老妇人在空地里捡可以当柴烧的材料？"

（1928 年 6 月 10 日《新月》第 1 卷第 4 号。）

① 普罗列塔里亚，英文 proletariat（无产阶级）的音译。

深　夜

深夜里，街角上，
梦一般的灯芒。

烟雾迷裹着树！
怪得人错走了路？

“你害苦了我——冤家！”
她哭，他——不答话。

晓风轻摇着树尖：
掉了，早秋的红艳。

伦敦旅次　九月

（写于1928年9月。1929年1月10日《新月》第1卷第11号。）

怨　得

怨得这相逢；
谁作的主？——风！

也就一半句话，
露水润了枯芽。

黑暗——放一箭光；
飞蛾：他受了伤。

偶然，真是的。
惆怅？喔何必！

伦敦旅次　九月

（写于1928年9月。1929年1月10日《新月》第1卷第11号。）

在不知名的道旁（印度）

什么无名的苦痛，悲悼的新鲜，
什么压迫，什么冤屈，什么烧烫
你体肤的伤，妇人，使你蒙着脸
在这昏夜，在这不知名的道旁，
任凭过往人停步，讶异的看你，
你只是不作声，黑绵绵的坐地？

还有蹲在你身旁悚动的一堆，
一双小黑眼闪荡着异样的光，
像暗云天偶露的星晞，她是谁？
疑惧在她脸上，可怜的小羔羊，
她怎知道人生的严重，夜的黑，
她怎能明白运命的无情，惨刻？

聚了，又散了，过往人们的讶异。

刹那的同情也许；但他们不能
为你停留，妇人，你与你的儿女；
伴着你的孤单，只昏夜的阴沉，
与黑暗里的萤光，飞来你身旁，
来照亮那小黑眼闪荡的星芒！

（写于1928年10月31日。1929年2月1日《金屋月刊》第1卷第2期。）

他眼里有你

我攀登了万仞的高冈，
荆棘扎烂了我的衣裳，
我向飘渺的云天外望——
　上帝，我望不见你！

我向坚厚的地壳里掏，
捣毁了蛇龙们的老巢，
在无底的深潭里我叫——
　上帝，我听不到你！

我在道旁见一个小孩：
活泼、秀丽、褴褛的衣衫；
他叫声妈，眼里亮着爱——
　上帝，他眼里有你！

十一月二日星家坡

（写于1928年11月2日。1928年12月10日《新月》第1卷第10号。）

枉 然

你枉然用手锁着我的手，
女人，用口噙住我的口，
枉然用鲜血注入我的心，
火烫的泪珠见证你的真；

迟了！你再不能叫死的复活，
从灰土里唤起原来的神奇：
纵然上帝怜念你的过错，
他也不能拿爱再交给你！

（写于1928年11月1日。1928年12月10日《新月》第1卷第10号。）

拜 献

山，我不赞美你的壮健，
海，我不歌咏你的阔大，
风波，我不颂扬你威力的无边；
但那在雪地里挣扎的小草花，
路旁冥盲中无告的孤寡，
烧死在沙漠里想归去的雏燕，——
给他们，给宇宙间一切无名的不幸，
我拜献，拜献我胸胁间的热，

管里的血，灵性里的光明；
我的诗歌——在歌声嘹亮的一俄顷，
天外的云彩为你们织造快乐，
　起一座虹桥，
　指点着永恒的逍遥，
在嘹亮的歌声里消纳了无穷的苦厄！

（1929年2月10日《新月》第2卷第12号。）

春的投生

昨晚上，
再前一晚也是的，
在雷雨的猖狂中
春
　投生入残冬的尸体。

不觉得脚下的松软，
耳鬓间的温驯吗？
树枝上浮着青，
潭里的水漾成无限的缠绵；
再有你我肢体上
胸膛间的异样的跳动；

桃花早已开上你的脸，
我在更敏锐的消受

你的媚，吞咽
你的连珠的笑；
你不觉得我的手臂
更迫切的要求你的腰身，
我的呼吸投射到你的身上
如同万千的飞萤投向光焰？

这些，还有别的许多说不尽的，
和着鸟雀们的热情的回荡，
都在手携手的赞美着
春的投生。

二月二十八日

（写于 1929 年 2 月 28 日。1929 年 12 月 10 日《新月》第 2 卷第 2 号。）

杜　鹃

杜鹃，多情的鸟，他终宵唱：
在夏荫深处，仰望着流云，
飞蛾似围绕亮月的明灯，
星光疏散如海滨的渔火，
甜美的夜在露湛里休憩，
他唱，他唱一声“割麦插禾”——
农夫们在天放晓时惊起。

多情的鹃鸟，他终宵声诉，

是怨，是慕，他心头满是爱，
满是苦，化成缠绵的新歌，
柔情在静夜的怀中颤动；
他唱，口滴着鲜血，斑斑的，
染红露盈盈的草尖，晨光
轻摇着园林的迷梦；他叫，
他叫，他叫一声：“我爱哥哥！”

（写于1929年4月。1929年5月10日《新月》第2卷第3号。）

活 该

活该你早不来！
热情已变死灰。

提什么已往？——
骷髅的磷光！

将来？——各走各的道，
长庚管不着“黄昏晓”。

爱是痴，恨也是傻；
谁点得清恒河的沙？

不论你梦有多么圆，
周围是黑暗没有边。

比是消散了的诗意，
趁早掩埋你的旧忆。

这苦脸也不用装，
到头儿总是个忘！

得！我就再亲你一口：
热热的！去，再不许停留。

（写于1929年7月31日。1929年11月10日《新月》第2卷第9号。）

黄　鹂

一掠颜色飞上了树，
“看，一只黄鹂！”有人说。
翘着尾尖，它不作声，
艳异照亮了浓密——
像是春光，火焰，像是热情。

等候它唱，我们静着望，
怕惊了它。但它一展翅，
冲破浓密，化一朵彩云；
它飞了，不见了，没了——
像是春光，火焰，像是热情。

（1930年2月10日《新月》第2卷第12号。）

季　候

一

他俩初起的日子，
像春风吹着春花。
花对风说："我要，"
风不回话：他给！

二

但春花早变了泥。
春风也不知去向。
她怨，说天时太冷；
"不久就冻冰。"他说。

（1930 年 2 月 10 日《新月》第 2 卷第 12 号。）

车　眺

一

我不能不赞美
这向晚的五月天；
怀抱着云和树
那些玲珑的水田。

二

白云穿掠着晴空，

像仙岛上的白燕！
晚霞正照着它们，
白羽镶上了金边。

三

背着轻快的晚凉，
牛，放了工，呆着做梦；
孩童们在一边蹲，
想上牛背，美，逞英雄！

四

在绵密的树荫下，
有流水，有白石的桥，
桥洞下早来了黑夜，
流水里有星在闪耀。

五

绿是豆畦，阴是桑树林，
幽郁是溪水傍的草丛，
静是这黄昏时的田景，
但你听，草虫们的飞动！

六

月亮在昏黄里上妆，
太阳心慌的向天边跑；
他怕见她，他怕她见，——
怕她见笑一脸的红糟！

（1930年3月10日《新月》第3卷第1号。）

秋　月

一样是月色，
今晚上的，因为我们都在抬头看——
看它，一轮腴满的妩媚，
从乌黑得如同暴徒一般的
云堆里升起——
看得格外的亮，分外的圆。
它展开在道路上，
它飘闪在水面上，
它沉浸在
水草盘结得如同忧愁般的水底；
它睥睨在古城的雉堞上，
万千的城砖在它的清亮中呼吸，
它抚摸着
错落在城厢外内的墓墟，
在宿鸟的断续的呼声里，
想见新旧的鬼，
也和我们似的相依偎的站着，
眼珠放着光，
咀嚼着彻骨的阴凉：
银色的缠绵的诗情
如同水面的星磷，
在露盈盈的空中飞舞。
听那四野的吟声——
永恒的卑微的谐和，
悲哀揉和着欢畅，

怨仇与恩爱，
晦冥交抱着火电，
在这敻绝的秋夜与秋野的
苍茫中，
“解化”的伟大
在一切纤微的深处
展开了
婴儿的微笑！

十月中

（写于1930年10月中旬。1930年11月《现代学生》第1卷第2期。）

残　破

一

深深的在深夜里坐着：
当窗有一团不圆的光亮，
　风挟着灰土，在大街上
　　小巷里奔跑：
我要在枯秃的笔尖上袅出
一种残破的残破的音调，
为要抒写我的残破的思潮。

二

深深的在深夜里坐着：
生尖角的夜凉在窗缝里
　妒忌屋内残余的暖气，

也不饶恕我的肢体：
但我要用我半干的墨水描成
一些残破的残破的花样，
因为残破，残破是我的思想。

三

深深的在深夜里坐着，
左右是一些丑怪的鬼影：
焦枯的落魄的树木
在冰沉沉的河沿叫喊，
比着绝望的姿势，
正如我要在残破的意识里
重兴起一个残破的天地。

四

深深的在深夜里坐着，
闭上眼回望到过去的云烟：
啊，她还是一枝冷艳的白莲，
斜靠着晓风，万种的玲珑；
但我不是阳光，也不是露水，
我有的只是些残破的呼吸，
如同封锁在壁椽间的群鼠，
追逐着，追求着黑暗与虚无！

（1930 年 4 月《现代学生》第 1 卷第 6 期。）

山 中

庭院是一片静，
　听市谣围抱；
织成一片松影——
　看当头月好！

不知今夜山中
　是何等光景；
想也有月，有松，
　有更深的静。

我想攀附月色，
　化一阵清风，
吹醒群松春醉，
　去山中浮动；

吹下一针新碧，
　掉在你窗前；
轻柔如同叹息——
　不惊你安眠！

四月一日

（写于 1931 年 4 月 1 日。1931 年 4 月 20 日《诗刊》第 2 期。）

两个月亮

我望见有两个月亮：
一般的样，不同的相。

一个这时正在天上，
披敞着雀毛的衣裳；
她不吝惜她的恩情，
满地全是她的金银。
她不忘故宫的琉璃，
三海间有她的清丽。
她跳出云头，跳上树，
又躲进新绿的藤萝。
她那样玲珑，那样美，
水底的鱼儿也得醉！
但她有一点子不好，
她老爱向瘦小里耗；
有时满天只见星点，
没了那迷人的圆脸，
虽则到时候照样回来，
但这份相思有些难挨！

还有那个你看不见，
虽则不提有多么艳！
她也有她醉涡的笑，
还有转动时的灵妙；
说慷慨她也从不让人，

可惜你望不到我的园林！
可贵是她无边的法力，
常把我灵波向高里提：
我最爱那银涛的汹涌，
浪花里有音乐的银钟；
就那些马尾似的白沫，
也比得珠宝经过雕琢。
　一轮完美的明月，
　又况是永不残缺！
只要我闭上这一双眼，
她就婷婷的升上了天！

四月二日月圆深夜

（写于 1931 年 4 月 2 日。1931 年 4 月 20 日《诗刊》第 2 期。）

车　上

这一车上有各等的年岁，各色的人：
有出须的，有奶孩，有青年，有商，有兵；
也各有各的姿态：傍着的，躺着的，
张眼的，闭眼的，向窗外黑暗望着的。

车轮在铁轨上辗出重复的繁响，
天上没有星点，一路不见一些灯亮；
只有车灯的幽辉照出旅客们的脸，
他们老的少的，一致声诉旅程的疲倦。

这时候忽然从最幽暗的一角发出
歌声；像是山泉，像是晓鸟，蜜甜，清越，
又像是荒漠里点起了通天的明燎，
它那正直的金焰投射到遥远的山坳。

她是一个小孩，欢欣摇开了她的歌喉；
在这冥盲的旅程上，在这昏黄时候，
像是奔发的山泉，像是狂欢的晓鸟，
她唱，直唱得一车上满是音乐的幽妙。

旅客们一个又一个的表示着惊异，
渐渐每一个脸上来了有光辉的惊喜：
买卖的，军差的，老辈，少年，都是一样，
那吃奶的婴儿，也把他的小眼开张。

她唱，直唱得旅途上到处点上光亮，
层云里翻出玲珑的月和斗大的星，
花朵，灯彩似的，在枝头竞赛着新样，
那细弱的草根也在摇曳轻快的青萤！

（写于1931年4月7日。1931年4月20日《诗刊》第2期。）

卑　微

卑微，卑微，卑微；
风在吹
无抵抗的残苇；

枯槁它的形容，
心已空，
音调如何吹弄？

它在向风祈祷：
“忍心好，
将我一拳推倒；

“也是一宗解化——
本无家，
任飘泊到天涯！”

（1930 年 10 月 10 日《新月》第 3 卷第 8 号。）

泰　山

山！
你的阔大的巉岩，
像是绝海的惊涛，

忽地飞来，
　　凌空
　　不动，
在沉默的承受
日月与云霞拥戴的光豪；

更有万千星斗
　　错落
在你的胸怀，
　　诉说
　　隐奥，
蕴藏在
岩石的核心与崔嵬的天外！

（1931 年 7 月《新月》第 3 卷第 9 号。）

渺　小

我仰望群山的苍老，
　　他们不说一句话。
阳光描出我的渺小，
　　小草在我的脚下。

我一人停步在路隅，
　　倾听空谷的松籁；
青天里有白云盘踞——

转眼间忽又不在。

（1931 年 1 月 10 日《新月》第 3 卷第 10 号。）

阔的海

阔的海空的天我不需要，
我也不想放一只巨大的纸鹞
上天去捉弄四面八方的风；
　　我只要一分钟
　　我只要一点光
　　我只要一条缝，——
　像一个小孩爬伏
　在一间暗屋的窗前
　望着西天边不死的一条
缝，一点
光，一分
钟。

（1931 年 8 月上海新月书店《猛虎集》。）

给——

我记不得维也纳，
　除了你，阿丽思[1]；
我想不起佛兰克府[2]，
　除了你，桃乐斯[3]；
尼司[4]，佛洛伦司[5]，巴黎，
　也都没有意味，
要不是你们的艳丽，——
　玫思，麦蒂特，腊妹，
　　翩翩的，盈盈的，
　　孜孜的，婷婷的，
照亮着我记忆的幽黑，
　　像冬夜的明星，
　　像暑夜的游萤，——
　怎教我不倾颓！
　怎教我不迷醉！

（写于1931年8月之前。1931年8月上海新月书店《猛虎集》。）

① 阿丽思，Alice Meynell，现通译为艾丽丝·梅内尔（1847—1922），英国女诗人、散文作家。
② 佛兰克府，现通译为法兰克福，德国著名城市。
③ 桃乐斯，Dorothy Wordsworth，现通译为多萝西·华兹华斯（1771—1855），英国女作家，英国浪漫主义诗人威廉·华兹华斯的妹妹。
④ 尼司，Nice，现通译为尼斯，地中海沿岸法国南部城市，著名旅游胜地。
⑤ 佛洛伦司，现通译为佛罗伦萨，意大利著名城市。

云游

徐志摩

云　游

那天你翩翩的在空际云游，
自在，轻盈，你本不想停留
在天的哪方或地的哪角，
你的愉快是无拦阻的逍遥。

你更不经意在卑微的地面
有一流涧水，虽则你的明艳
在过路时点染了他的空灵，
使他惊醒，将你的倩影抱紧。

他抱紧的只是绵密的忧愁，
因为美不能在风光中静止；
他要，你已飞渡万重的山头，
去更阔大的湖海投射影子！

他在为你消瘦，那一流涧水，
在无能的盼望，盼望你飞回！

（1931 年 8 月上海新月书店《猛虎集》。）

鲤　跳

那天你走近一道小溪，
我说：“我抱你过去，”你说：“不；”
“那我总得搀你，”你又说：“不。”
“你先过去，”你说，“这水多丽！”

“我愿意做一尾鱼，一支草，
在风光里长，在风光里睡，
收拾起烦恼，再不用流泪：
现在看！我这锦鲤似的跳！”

一闪光艳，你已纵过了水；
脚点地时那轻，一身的笑，
像柳丝，腰哪在俏丽的摇；
水波里满是鲤鳞的霞绮！

七月九日

（写于1930年7月9日。1931年1月10日《新月》第3卷第10号。）

别拧我，疼

“别拧我，疼，”……
你说，微锁着眉心。

那“疼”，一个精圆的半吐，
在舌尖上溜——转。

一双眼也在说话，
睛光里漾起
心泉的秘密。

梦
洒开了
轻纱的网。

“你在哪里？”
“让我们死，”你说。

（写于1931年年初。1931年10月5日《诗刊》第3期。）

一九三〇年春

霹雳的一声笑，
从云空直透到地，
刮它的脸扎它的心，
说：“醒罢，老睡着干么？”
……
……

三日，沪宁车上

（写于1930年春。1932年7月上海新月书店《云游》。）

在病中

我是在病中，这恹恹的倦卧，
看窗外云天，听木叶在风中……
是鸟语吗？院中有阳光暖和，
一地的衰草，墙上爬着藤萝，
有三五斑猩的，苍的，在颤动。
一半天也成泥……
城外，啊西山！
太辜负了，今年，翠微的秋容！
那山中的明月，有弯，也有环；
黄昏时谁在听白杨的哀怨？
谁在寒风里赏归鸟的群喧？
有谁上山去漫步，静悄悄的，
在落叶林中捡三两瓣菩提？
有谁去佛殿上披拂着尘封，
在夜色里辨认金碧的神容？

这病中心情：一瞬瞬的回忆，
如同天空，在碧水潭中过路，
透映在水纹间斑驳的云翳；
又如阴影闪过虚白的墙隅，
瞥见时似有，转眼又复消散；
又如缕缕炊烟，才袅袅，又断……
又如暮天里不成字的寒雁，
飞远、更远；化入远山、化作烟！
又如在暑夜看飞星，一道光

碧银银的抹过，更不许端详。
又如兰蕊的清芬偶尔飘过，
谁能留住这没影踪的婀娜？
又如远寺的钟声，随风吹送，
在春宵，轻摇你半残的春梦！

二十年五月续成七年前残稿

（1931年10月5日《诗刊》第3期。）

火车擒住轨

火车擒住轨，在黑夜里奔：
过山，过水，过陈死人的坟；

过桥，听钢骨牛喘似的叫，
过荒野，过门户破烂的庙；

过池塘，群蛙在黑水里打鼓，
过噤口的村庄，不见一粒火；

过冰清的小站，上下没有客，
月台袒露着肚子，像是罪恶。

这时车的呻吟惊醒了天上
三两个星，躲在云缝里张望：

那是干什么的，他们在疑问，
大凉夜不歇着，直闹又是哼；

长虫似的一条，呼吸是火焰，
一死儿往暗里闯，不顾危险，

就凭那精窄的两道，算是轨，
驮着这份重，梦一般的累坠。

累坠！那些奇异的善良的人，
放平了心安睡，把他们不论；

俊的村的命全盘交给了它，
不论爬的是高山还是低洼，

不问深林里有怪鸟在诅咒，
天象的辉煌全对着毁灭走；

只图眼前过得，裂大嘴打呼，
明儿车一到，抢了皮包走路！

这态度也不错，愁没有个底；
你我在天空，那天也不休息，

睁大了眼，什么事都看分明，
但自己又何尝能支使运命？

说什么光明，智慧永恒的美，
彼此同是在一条线上受罪；

就差你我的寿数比他们强，
这玩艺反正是一片糊涂账。

（写于1931年7月19日。1931年10月5日《诗刊》第3期。）

你　去

你去，我也走，我们在此分手；
你上那一条大路，你放心走，
你看那街灯一直亮到天边，
你只消跟从这光明的直线！
你先走，我站在此地望着你，
放轻些脚步，别教灰土扬起，
我要认清你的远去的身影，
直到距离使我认你不分明。
再不然我就叫响你的名字，
不断的提醒你有我在这里，
为消解荒街与深晚的荒凉，
目送你归去……
不，我自有主张，
你不必为我忧虑；你走大路，
我进这条小巷，你看那棵树，
高抵着天，我走到那边转弯，
再过去是一片荒野的凌乱：
有深潭，有浅洼，半亮着止水，

在夜芒中像是纷披的眼泪；
有石块，有钩刺胫踝的蔓草，
在期待过路人疏神时绊倒！
但你不必焦心，我有的是胆，
凶险的途程不能使我心寒。
等你走远了，我就大步向前，
这荒野有的是夜露的清鲜；
也不愁愁云深裹，但须风动，
云海里便波涌星斗的流汞；
更何况永远照彻我的心底，
有那颗不夜的明珠，我爱你！

（写于 1931 年 8 月。1931 年 10 月 5 日《诗刊》第 3 期。）

雁儿们

雁儿们在云空里飞，
　　看她们的翅膀，
　　看她们的翅膀，
有时候纡回，
　　有时候匆忙。

雁儿们在云空里飞，
　　晚霞在她们身上，
　　晚霞在她们身上，
有时候银辉，

有时候金芒。

雁儿们在云空里飞，
听她们的歌唱！
听她们的歌唱！
有时候伤悲，
有时候欢畅。

雁儿们在云空里飞，
为什么翱翔？
为什么翱翔？
她们少不少旅伴？
她们有没有家乡？

雁儿们在云空里彷徨，
天地就快昏黑！
天地就快昏黑！
前途再没有天光，
孩子们往哪儿飞？

天地在昏黑里安睡，
昏黑迷住了山林，
昏黑催眠了海水；
这时候有谁在倾听
昏黑里泛起的伤悲。

（写于1931年7月。1931年9月20日《北斗》创刊号。）

领　罪

这也许是个最好的时刻。
不是静。听对面园里的鸟，
从杜鹃到麻雀，已在叫晓。
我也再不能抵抗我的困，
它压着我像霜压着树根；
断片的梦已在我的眼前
飘拂，像在晓风中的树尖。
也不是有什么非常的事，
逼着我决定一个否与是。
但我非得留着我的清醒，
用手推着黑甜乡的诱引：
因为，这是我唯一的机会，
自己到自己跟前来领罪。
领罪，我说不是罪是什么？
这日子过得有什么话说！

（写于1931年秋。1932年7月30日《诗刊》第4期。）

难　忘

这日子——从天亮到昏黄，
虽则有时花般的阳光，

从郊外的麦田，
半空中的飞燕，
照亮到我劳倦的眼前，
给我刹那间的舒爽，
我还是不能忘——
不忘旧时的积累，
也不分是恼是愁是悔，
在心头，在思潮的起伏间，
像是迷雾，像是诅咒的凶险：
它们包围，它们缠绕，
它们狞露着牙，它们咬，
它们烈火般的煎熬，
它们伸拓着巨灵的掌，
把所有的忻快拦挡……

（写于 1931 年秋。1932 年 7 月 30 日《诗刊》第 4 期。）

爱的灵感
——奉适之

下面这些诗行好歹是他撩拔出来的，正如这十年来大多数的诗行好歹是他撩拔出来的！

不妨事了，你先坐着罢。
这阵子可不轻，我当是
已经完了，已经整个的

脱离了这世界，飘渺的，
不知到了哪儿。仿佛有
一朵莲花似的云拥着我，
（她脸上浮着莲花似的笑）
拥着到远极了的地方去……
唉，我真不希罕再回来，
人说解脱，那许就是罢！
我就像是一朵云，一朵
纯白的，纯白的云，一点
不见分量，阳光抱着我，
我就是光，轻灵的一球，
往远处飞，往更远处飞；
什么累赘，一切的烦愁，
恩情，痛苦，怨，全都远了；
就是你——请你给我口水，
是橙子吧，上口甜着哪——
就是你，你是我的谁呀！
就你也不知哪里去了：
就有也不过是晓光里
一发的青山，一缕游丝，
一翳微妙的晕；说至多
也不过如此，你再要多
我那朵云也不能承载，
你，你得原谅，我的冤家！……
不碍，我不累，你让我说，
我只要你睁着眼，就这样，
叫哀怜与同情，不说爱，
在你的泪水里开着花，
我陶醉着它们的幽香；

在你我这最后，怕是吧，
一次的会面，许我放娇，
容许我完全占定了你，
就这一晌，让你的热情，
像阳光照着一流幽涧，
透澈我的凄冷的意识；
你手把住我的，正这样，
你看你的壮健，我的衰，
容许我感受你的温暖，
感受你在我血液里流，
鼓动我将次停歇的心，
留下一个不死的印痕：
这是我唯一，唯一的祈求……
好，我再喝一口，美极了，
多谢你。现在你听我说。
但我说什么呢？到今天，
一切事都已到了尽头，
我只等待死，等待黑暗，
我还能见到你，偎着你，
真像情人似的说着话，
因为我够不上说那个，
你的温柔春风似的围绕，
这于我是意外的幸福，
我只有感谢，（她合上眼。）
什么话都是多余，因为
话只能说明能说明的，
更深的意义，更大的真，
朋友，你只能在我的眼里，
在枯干的泪伤的眼里认取。

我是个平常的人，
我不能盼望在人海里
值得你一转眼的注意。
你是天风：每一个浪花
一定得感到你的力量，
从它的心里激出变化，
每一根小草也一定得
在你的踪迹下低头，在
绿的颤动中表示惊异；
但谁能止限风的前程，
他横掠过海，作一声吼，
狮虎似的扫荡着田野，
当前是冥茫的无穷，他
如何能想起曾经呼吸
到浪的一花，草的一瓣？
遥远是你我间的距离；
远，太远！假如一只夜蝶
有一天得能飞出天外，
在星的烈焰里去变灰
（我常自己想）那我也许
有希望接近你的时间。
唉，痴心，女子是有痴心的，
你不能不信罢？有时候
我自己也觉得真奇怪，
心窝里的牢结是谁给
打上的？为什么打不开？
那一天我初次望到你，
你闪亮得如同一颗星，
我只是人丛中的一点，

一撮沙土，但一望到你，
我就感到异样的震动，
猛袭到我生命的全部，
真像是风中的一朵花，
我内心摇晃得像昏晕，
脸上感到一阵的火烧，
我觉得幸福，一道神异的
光亮在我的眼前扫过，
我又觉得悲哀，我想哭，
纷乱占据了我的灵府。
但我当时一点不明白，
不知这就是陷入了爱！
“陷入了爱”，真是的！前缘，
孽债，不知到底是什么？
但从此我再没有平安，
是中了毒，是受了催眠，
教运命的铁链给锁住，
我再不能踌躇：我爱你！
从此起，我的一瓣瓣的
思想都染着你，在醒时，
在梦里，想躲也躲不去，
我抬头望，蓝天里有你，
我开口唱，悠扬里有你，
我要遗忘，我向远处跑，
另走一道，又碰到了你！
枉然是理智的殷勤，因为
我不是盲目，我只是痴！
但我爱你，我不是自私。
爱你，但永不能接近你。

爱你，但从不要享受你。
即使你来到我的身边，
我许向你望，但你不能
丝毫觉察到我的秘密。
我不妒忌，不艳羡，因为
我知道你永远是我的，
它不能脱离我正如我
不能躲避你，别人的爱
我不知道，也无须知晓，
我的是我自己的造作，
正如那林叶在无形中
收取早晚的霞光，我也
在无形中收取了你的。
我可以，我是准备，到死
不露一句，因为我不必。
死，我是早已望见了的。
那天爱的结打上我的
心头，我就望见死，那个
美丽的永恒的世界；死，
我甘愿的投向，因为它
是光明与自由的诞生。
从此我轻视我的躯体，
更不计较今世的浮荣，
我只企望着更绵延的
时间来收容我的呼吸，
灿烂的星做我的眼睛，
我的发丝，那般的晶莹，
是纷披在天外的云霞，
博大的风在我的腋下

胸前眉宇间盘旋，波涛
冲洗我的胫踝，每一个
激荡涌出光艳的神明！
再有电火做我的思想，
天边掣起蛇龙的交舞，
雷震我的声音，蓦地里
叫醒了春，叫醒了生命。
无可思量，呵，无可比况，
这爱的灵感，爱的力量！
正如旭日的威棱扫荡
田野的迷雾，爱的来临
也不容平凡，卑琐以及
一切的庸俗侵占心灵，
它那原来清爽的平阳。
我不说死吗？更不畏惧，
再没有疑虑，再不吝惜
这躯体如同一个财虏，
我勇猛的用我的时光。
用我的时光，我说？天哪，
这多少年是亏我过的！
没有朋友，离背了家乡，
我投到那寂寞的荒城，
在老农中间学做老农，
穿着大布，脚登着草鞋，
栽青的桑，栽白的木棉，
在天不曾放亮时起身，
手揽着泥，头戴着炎阳，
我做工，满身浸透了汗，
一颗热心抵挡着劳倦；

但渐次的我感到趣味，
收拾一把草如同珍宝，
在泥水里照见我的脸，
涂着泥，在坦白的云影
前不露一些羞愧！自然
是我的享受；我爱秋林，
我爱晚风的吹动，我爱
枯苇在晚凉中的颤动，
半残的红叶飘摇到地，
鸦影侵入斜日的光圈；
更可爱是远寺的钟声
交挽村舍的炊烟共做
静穆的黄昏！我做完工，
我慢步的归去，冥茫中
有飞虫在交哄，在天上
有星，我心中亦有光明！
到晚上我点上一支蜡，
在红焰的摇曳中照出
板壁上唯一的画像，
独立在旷野里的耶稣，
（因为我没有你的除了
悬在我心里的那一幅，）
到夜深静定时我下跪，
望着画像做我的祈祷，
有时我也唱，低声的唱，
发放我的热烈的情愫
缕缕青烟似的上通到天。
但有谁听到，有谁哀怜？
你踞坐在荣名的顶巅，

有千万人迎着你鼓掌，
我，陪伴我有冷，有黑夜，
我流着泪，独跪在床前！
一年，又一年，再过一年，
新月望到圆，圆望到残，
寒雁排成了字，又分散，
鲜艳长上我手栽的树，
又叫一阵风给刮做灰。
我认识了季候，星月与
黑夜的神秘，太阳的威；
我认识了地土，它能把
一颗子培成美的神奇，
我也认识一切的生存，
爬虫，飞鸟，河边的小草，
再有乡人们的生趣，我
也认识，他们的单纯与
真，我都认识。
跟着认识
是愉快，是爱，再不畏虑
孤寂的侵凌。那三年间
虽则我的肌肤变成粗，
焦黑熏上脸，剥坼刻上
手脚，我心头只有感谢：
因为照亮我的途径有
爱，那盏神灵的灯，再有
穷苦给我精力，推着我
向前，使我怡然的承当
更大的穷苦，更多的险。
你奇怪吧，我有那能耐？

不可思量是爱的灵感！
我听说古时间有一个
孝女，她为救她的父亲
胆敢上犯君王的天威，
那是纯爱的驱使我信。
我又听说法国中古时
有一个乡女子叫贞德，
她有一天忽然脱去了
她的村服，丢了她的羊，
穿上戎装拿着刀，带领
十万兵，高叫一声“杀贼”，
就冲破了敌人的重围，
救全了国，那也一定是
爱！因为只有爱能给人
不可理解的英勇和胆；
只有爱能使人睁开眼，
认识真，认识价值；只有
爱能使人全神的奋发，
向前闯，为了一个目标，
忘了火是能烧，水能淹。
正如没有光热这地上
就没有生命，要不是爱，
那精神的光热的根源，
一切光明的惊人的事
也就不能有。
啊，我懂得！
我说“我懂得”我不惭愧：
因为天知道我这几年，
独自一个柔弱的女子，

投身到灾荒的地域去，
走千百里巉岈的路程，
自身挨着饿冻的惨酷
以及一切不可名状的
苦处说来够写几部书，
是为了什么？为了什么
我把每一个老年灾民
不问他是老人是老妇，
当作生身父母一样看，
每一个儿女当作自身
骨血，即使不能给他们
救度，至少也要吹几口
同情的热气到他们的
脸上，叫他们从我的手
感到一个完全在爱的
纯净中生活着的同类？
为了什么我甘愿哺啜
在平时乞丐都不屑的
饮食，吞咽腐朽与肮脏
如同可口的膏粱；甘愿
在尸体的恶臭能醉倒
人的村落里工作如同
发见了什么珍异？为了
什么？就为“我懂得，”朋友，
你信不？我不说，也不能
说，因为我心里有一个
不可能的爱所以发放
满怀的热到另一方向，
也许我即使不知爱也

能同样做，谁知道，但我
总得感谢你，因为从你
我获得生命的意识和
在我内心光亮的点上，
又从意识的沉潜引渡
到一种灵界的莹澈，又
从此产生智慧的微芒
与无穷尽的精神的勇。
啊，假如你能想象我在
灾地时一个夜的看守！
一样的天，一样的星空，
我独自在旷野里或在
桥梁边或在剩有几簇
残花的藤蔓的村篱边
仰望，那时天际每一个
光亮都为我生着意义，
我饮咽它们的美如同
音乐，奇妙的韵味通流
到内脏与百骸，坦然的
我承受这天赐不觉得
虚怯与羞惭，因我知道
不为己的劳作虽不免
疲乏体肤，但它能拂拭
我们的灵窍如同琉璃，
利便天光无碍的通行。

我话说远了不是？但我
已然诉说到我最后的
回目，你纵使疲倦也得

听到底，因为别的机会
再不会来。你看我的脸
烧红得如同石榴的花，
这是生命最后的光焰，
多谢你不时的把甜水
浸润我的咽喉，要不然
我一定早叫喘息窒死。
你的“懂得”是我的快乐。
我的时刻是可数的了，
我不能不赶快！
我方才
说过我怎样学农，怎样
到灾荒的魔窟中去伸
一只柔弱的奋斗的手。
我也说过我灵的安乐
对满天星斗不生内疚。
但我终究是人是软弱，
不久我的身体得了病，
风雨的毒浸入了纤微，
酿成了猖狂的热。我哥
将我从昏盲中带回家，
我奇怪那一次还不死，
也许因为还有一种罪
我必得在人间受。他们
叫我嫁人，我不能推托。
我或许要反抗假如我
对你的爱是次一等的，
但因我的既不是时空
所能衡量，我即不计较

分秒间的短长，我做了
新娘，我还做了娘，虽则
天不许我的骨血存留。
这几年来我是个木偶，
一堆任凭摆布的泥土；
虽则有时也想到你，但
这想到是正如我想到
西天的明霞或一朵花，
不更少也不更多。同时
病，一再的回复，销蚀了
我的躯壳，我早准备死，
怀抱一个美丽的秘密，
将永恒的光明交付给
无涯的幽冥。我如果有
一个母亲我也许不忍
不让她知道，但她早已
死去，我更没有沾恋；我
每次想到这一点便忍
不住微笑漾上了口角。
我想我死去再将我的
秘密化成仁慈的风雨，
化成指点希望的长虹，
化成石上的苔藓，葱翠
淹没它们的冥顽，化成
黑暗中翅膀的舞，化成
农时的鸟歌；化成水面
锦绣的文章；化成波涛，
永远宣扬宇宙的灵通；
化成月的惨绿在每个

睡孩的梦上添深颜色；
化成系星间的妙乐……
最后的转变是未料的，
天叫我不遂理想的心愿，
又叫在热谵中漏泄了
我的怀内的珠光！但我
再也不梦想你竟能来，
血肉的你与血肉的我
竟能在我临去的俄顷
陶然的相偎倚，我说，你
听，你听，我说。真是奇怪，
这人生的聚散！
现在我
真，真可以死了，我要你
这样抱着我直到我去，
直到我的眼再不睁开，
直到我飞，飞，飞去太空，
散成沙，散成光，散成风，
啊苦痛，但苦痛是短的，
是暂时的；快乐是长的，
爱是不死的：
我，我要睡……

（写于1930年12月25日。1931年1月20日《诗刊》第1期。）

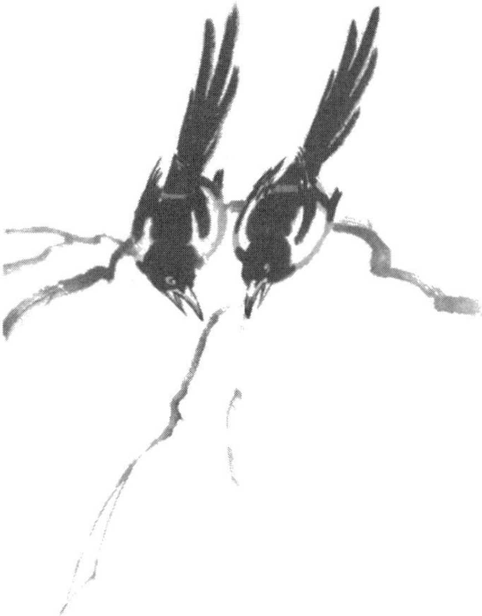

集外集

她在那里

她不在这里，
　　她在那里：

她在白云的光明里：
　　在澹远的新月里；

她在怯露的谷莲里：
　　在莲心的露华里；

她在膜拜的童心里：
　　在天真的烂漫里；

她不在这里，
　　她在自然的至粹里！

（写于1925年前后。1983年香港商务印书馆《徐志摩全集》第1辑。）

海边的梦

我独自在海边徘徊，
遥望着天边的霞彩，
我想起了我的爱，

不知她这时候何在？
我在这儿等待——
她为什么不来？
我独自在海边发痴——
沙滩里平添了无数的相思字。

假使她在这儿伴着我，
在这寂寥的海边散步？
海鸥声里，
听私语喁喁，
浅沙滩里，
印交错的脚踪，
我唱一曲海边的恋歌，
爱，你幽幽的低着嗓儿和！

这海边还不是你我的家，
你看那边鲜血似的晚霞；
我们要寻死，
我们交抱着往波心里跳，
绝灭了这皮囊，
好叫你我的恋魂悠久的逍遥。
这时候的新来的双星挂上天堂，
放射着不磨灭的爱的光芒。

夕阳已在沉沉的淡化，
这黄昏的美，
有谁能描画？
莽莽的天涯，
哪里是我的家，

哪里是我的家？
爱人呀，我这般的想着你，
你那里可也有丝毫的牵挂？

（1925 年 11 月 28 日《现代评论》第 2 卷第 51 期。）

笑解烦恼结
（送幼仪）

一

这烦恼结，是谁家扭得水尖儿难透？
这千缕万缕烦恼结是谁家忍心机织？
这结里多少泪痕血迹，应化沉碧！
忠孝节义——咳，忠孝节义谢你维系
　　四千年史髅不绝，
却不过把人道灵魂磨成粉屑，
黄海不潮，昆仑叹息，
四万万生灵，心死神灭，中原鬼泣！
咳，忠孝节义！

二

东方晓，到底明复出，
如今这盘糊涂账，
如何清结？

三

莫焦急，万事在人为，只消耐心
　　共解烦恼结。
虽严密，是结，总有丝缕可觅，
莫怨手指儿酸、眼珠儿倦，
可不是抬头已见，快努力！

四

如何！毕竟解散，烦恼难结，烦恼苦结。
来，如今放开容颜喜笑，握手相劳；
此去清风白日，自由道风景好。
听身后一片声欢，争道解散了结儿。
　　消除了烦恼！

（写于 1922 年 6 月。1922 年 11 月 8 日《新浙江报·新朋友》。）

挽李斡人

李长吉赴召玉楼，立功立德，
　有志未成，年少遽醒蝴蝶梦；
屈灵均魂报砥室，某水某邱，
　欲归不得，夜深怕听杜鹃啼。

（此为挽联，写于 1914 年 4 月。1914 年杭州一中校刊《友声》第 2 期。）

草上的露珠儿

草上的露珠儿
　颗颗是透明的水晶球，
新归来的燕儿
　在旧巢里呢喃个不休；

诗人哟！可不是春至人间
　　　还不放开你
　　　创造的喷泉，
嗤嗤！吐不尽南山北山的璠瑜，
　　　洒不完东海西海的琼珠，
　　　融和琴瑟箫笙的音韵，
　　　饮餐星辰日月的光明！
诗人哟！可不是春在人间，
　　　还不开放你
　　　创造的喷泉！

这一声霹雳
　震破了漫天的云雾，
显焕的旭日
　又升临在黄金的宝座；

柔软的南风
　吹皱了大海慷慨的面容，
洁白的海鸥
　上穿云下没波自在优游；

诗人哟！可不是趁航时候，
还不准备你
歌吟的渔舟！
看哟！那白浪里
金翅的海鲤
白嫩的长鲵，
虾须和螯脐！
快哟！一头撒网一头放钩，
收！收！
你父母妻儿亲戚朋友
享定了希世的珍馐。
诗人哟！可不是趁航时候，
还不准备你
歌吟的渔舟！

诗人哟！
你是时代精神的先觉者哟！
你是思想艺术的集成者哟！
你是人天之际的创造者哟！
你资材是河海风云，
鸟兽花草神鬼蝇蚊，
一言以蔽之：天文地文人文；

你的洪炉是“印曼桀乃欣”[1]，
永生的火焰“烟士披里纯”，
炼制着诗化美化灿烂的鸿钧；

① 印曼桀乃欣，英语 imagination 的音译，现通译为想象力。

你是高高在上的云雀天鹨，
纵横四海不问今古春秋，
散布着希世的音乐锦绣；

你是精神困穷的慈善翁，
你展览真善美的万丈虹，
你居住在真生命的最高峰。

（写于1921年11月23日。1969年台湾传记文学出版社《徐志摩全集》第1辑。）

夏日田间即景（近沙士顿）[①]

柳林青青，
南风熏熏，
幻成奇峰瑶岛，
一天的黄云白云，
那边麦浪中间，
有农妇笑语殷殷。

笑语殷殷——
问后园豌豆肥否，
问杨梅可有鸟来偷；
好几天不下雨了，

① 沙士顿，Sawston，今译为索斯顿，英国剑桥郡的一个市。徐志摩与其妻张幼仪曾居住于此。

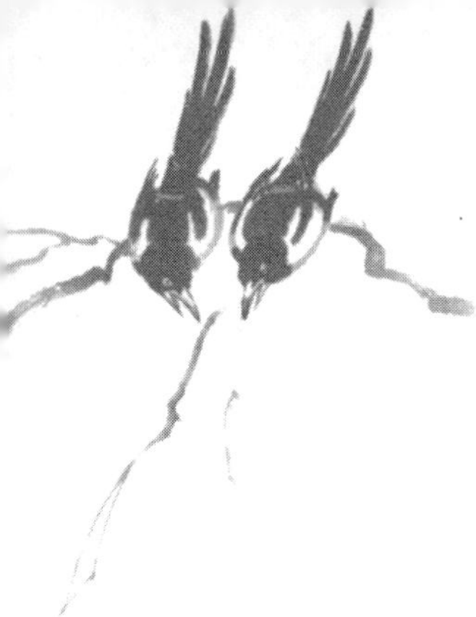

玫瑰花还未曾红透；
梅夫人今天进城去，
且看她有新闻无有。

笑语殷殷——
“我们家的如今好了，
已经照常上工去，
不再整天无聊。
不再逞酒使气，
回家来有说有笑，
疼他儿女——爱他妻；
呀！真巧！你看那边，
蓬着头，走来的，笑嘻嘻，
可不是他，（哈哈！）满身是泥！”

南风熏熏，
草木青青，
满地和暖的阳光，
满天的白云黄云，
那边麦浪中间，
有农夫农妇，笑语殷殷。

（写于1922年4月30日。1923年3月14日《时事新报·学灯》。）

听瓦格纳乐剧[①]

是神权还是魔力，
搓揉着雷霆霹雳，
暴风、广漠的怒号，
绝海里骇浪惊涛；

地心的火窖咆哮，
回荡，狮虎似狂嗥，
仿佛是海裂天崩，
星陨日烂的朕兆；

忽然静了；只剩有
松林附近，乌云里
漏下的微嘘，拂狃
村前的酒帘青旗；

可怖的伟大凄静
万壑层岩的雪景，
偶尔有冻鸟横空，
摇曳零落的悲鸣；

悲鸣，胡笳的幽引，
雾结冰封的无垠，

① 原诗名为《听槐格讷(Wagner)乐剧》。槐格讷(Wagner),Wilhelm Richard Wagner,今通译为威廉·理查德·瓦格纳（1813—1883），德国著名作曲家。

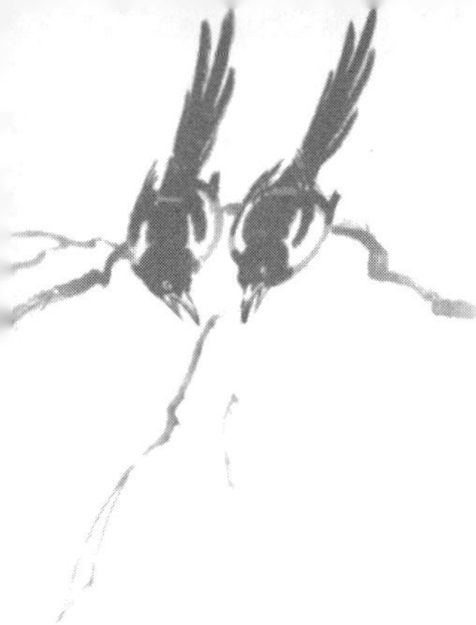

隐隐有马蹄铁甲
篷帐悉索的荒音；

荒音，洪变的先声，
鼍鼓金钲暮荡怒，
霎时间万马奔腾，
酣斗里血流虎虎；

是泼牢米修仡司（Prometheus）①
的反叛，抗天拯人
的奋斗，高加山前
挚鹰刳胸的创呻；

是恋情，悲情，惨情，
是欢心，苦心，赤心；
是弥漫，普遍，神幻，
消金灭圣的性爱；

是艺术家的幽骚，
是天壤间的烦恼，
是人类千年万年
郁积未吐的无聊；

这沉郁酝酿的牢骚，
这猖獗圣洁的恋爱，
这悲天悯人的精神，

① 泼牢米修仡司（Prometheus），今通译为普罗米修斯，古希腊神话中的一个神祇。传说他从奥林匹斯盗火给人类，因而受到宙斯的惩罚，被锁在高加索山的悬崖上，他的肝每天白天被一只鹰吃掉，夜晚又重新长出来。

贯透了艺术的天才。

性灵，愤怒，慷慨，悲哀，
管弦运化，金革调合，
创制了无双的乐剧，
革音革心的槐格讷！

五月二十五日

（1922 年 5 月 25 日写于英国。1923 年 3 月 10 日《时事新报·学灯》。）

春

康河右岸皆学院，左岸牧场之背，榆荫密覆，大道纡回，一望葱翠，春尤浓郁，但闻虫声鸟语，校舍寺塔掩映林巅，真胜处也。迩来草长日丽，时有情耦隐卧草中，密话风流。我常往复其间，辄成左作。

河水在夕阳里缓流，
暮霞胶抹树干树头；
蚱蜢飞，蚱蜢戏吻草光光，
我在春草里看看走走。

蚱蜢匐伏在铁花胸前，
铁花羞得不住的摇头，
草里忽伸出只藕嫩的手，

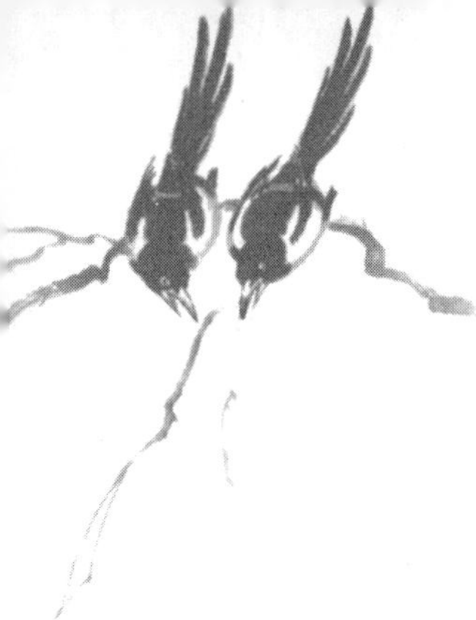

将孟浪的跳虫拦腰紧捞。

金花菜，银花菜，星星澜澜，
点缀着天然温暖的青毡，
青毡上青年的情耦，
情意胶胶，情话啾啾。

我点头微笑，南向前走，
观赏这青透春透的园囿，
树尽交柯，草也骈偶，
到处是缱绻，是绸缪。

雀儿在人前猥盼亵语，
人在草处心欢面赧，
我羡他们的双双对对，
有谁羡我孤独的徘徊？

孤独的徘徊！
我心须何尝不热奋震颤，
答应这青春的呼唤，
燃点着希望灿灿，
春呀！你在我怀抱中也！

（1922 年写于英国。1923 年 5 月 30 日《时事新报·学灯》。）

沙士顿重游随笔

一

许久不见了，满田的青草黄花！
你们在风前点头微笑，仿佛说彼此无恙。
今春雨少，你们的面容着实清癯；
我一年来也无非是烦恼踉跄；
见否我白发骈添，眉峰的愁痕未隐？
你们是需要雨露，人间只缺少同情。——
青年不受恋爱的滋润，比如春阳霖雨，照洒沙碛永远不得收成。
但你们还有众多的伴侣；
在“大母”慈爱的胸前，和晨风软语，听晨星骈唱，
每天农夫赶他牛车经过，谈论村前村后的新闻，
有时还有美发罗裙的女郎，来对你们声诉她遭逢的薄幸。
至于我的灵魂，只是常在他囚羁中忧伤岑寂；
他仿佛是“衣司业尔”彷徨的圣羊。

二

许久不见了，最仁善公允的阳光！
你们现正斜倚在这残破的墙上，
牵动了我不尽的回忆，无限的凄怆。
我从前每晚散步的欢怀，
总少不了你殷勤的照顾。
你吸起人间畅快和悦的心潮，
有似明月钩引湖海的夜汐；
就此荏苒临逝的回光，不但完成一天的功绩，

并且预告晴好的清晨，吩咐勤作的农人，安度良宵。
这满地零乱的栗花，都像在你仁荫里欢舞。
对面楼窗口无告的老翁，
也在饱啜你和煦的同情：
他皱缩昏花的老眼，似告诉人说：
都亏这养老棚朝西，容我每晚享用莫景的温存：
这是天父给我不用求讨的慰藉。

三

许久不见了，和悦的旧邻居！
那位白须白发的先生，正在趁晚凉将水浇菜，
老夫人穿着蓝布的长裙，站在园篱边微笑。
一年过得容易，
那篱畔的苹花，已经落地成泥！
这些色香两绝的玫瑰的种畤在八十老人跟前，
好比艳眼的少艾，独倚在虬松古柏的中间，
他们笑着对我说结婚已经五十三年，
今年十月里预备金婚；
来到此村三十九年，老夫人从不曾半日离家，
每天五时起工作，眠食时刻，四十年如一日；
莫有儿女，彼此如形影相随，
但管门前花草后园蔬果，
从不问村中事情，更不晓世上有春秋，
老夫人拿出他新制的杨梅酱来请我尝味，
因为去年我们在时吃过，曾经赞好。

四

那灰色墙边的自来井前，上面盖着栗树的浓荫，残花还不时地堕落，

站着位十八的郎，
他发上络住一支藤黄色的梳子，衬托着一大股蓬松的褐色
　细麻，
转过头来见了我，微微一笑，
脂江的唇缝里，漏出了一声有意无意的“你好！”

五

那边半尺多厚干草，铺顶的低屋前，
依旧站着一年前整天在此的一位褴褛老翁，
他曲着背将身子承住在一根黑色杖上，
后脑仅存几茎白发，和着他有音节的咳嗽，上下颤动。
我走过他跟前，照例说了晚安，
他抬起头向我端详，
一时口角的皱纹，齐向下颌紧叠，
吐露些不易辨认的声响，接着几声干涸的咳嗽。
我瞥见他右眼红腐，像烂桃颜色（并不可怕），
一张绝扁的口，挂着一线口涎。
我心里想阿弥陀佛，这才是老贫病的三角同盟。

六

两条牛并肩在街心里走来，
卖弄他们最庄严的步法。
沉着迟重的蹄声，轻撼了晚村的静默。
一个赤腿的小孩，一手扳着门枢，
一手的指甲腌在口里，
瞪着眼看牛尾的撩拂。

七

一个穿制服的人，向我行礼，
原来是从前替我们送信的邮差，
他依旧穿黑呢红边的制衣，背着皮袋，手里握着一叠信。
只见他这家进，那家出，有几家人在门外等他，
他捱户过去，继续说他的晚安，只管对门牌投信，
他上午中午下午一共巡行三次，每次都是刻板的面目；
雨天风天，晴天雪天，春天冬天，
他总是循行他制定的责务；
他似乎不知道他是这全村多少喜怒悲欢的中介者；
他像是不可防御的运命自身。
有人张着笑口迎他，
有人听得他的足音，便惶恐震栗；
但他自来自去，总是不变的态度。
他好比双手满抓着各式情绪的种子，向心田里四撒；
这家的笑声，那边的幽泣；
全村顿时增加的脉搏心跳，歔欷叹息，
都是他盲目工程的结果，
他哪里知道人间最大的消息，
都曾在他褴旧的皮袋里住过，
在他干黄的手指里经过——
可爱可怖的邮差呀！

（1922年春写于英国。1923年3月13日《时事新报·学灯》。）

情 死[①]

玫瑰，压倒群芳的红玫瑰，昨夜的雷雨，原来是你发出的信
号，——真娇贵的丽质！
你的颜色，是我视觉的醇醪；我想走近你，但我又不敢。
青年！几滴白露在你额上，在晨光中吐艳。
你颊上的笑容，定是天上带来的；可惜世界太庸俗，不能供给
他们常住的机会。
你的美是你的运命！
我走近来了；你迷醉的色香又征服了一个灵魂——我是你的俘
虏！
你在那里微笑！我在这里发抖。
你已经登了生命的峰极。你向你足下望——一个无底的深潭！
你站在潭边，我站在你的背后，——我，你的俘虏。
我在这里微笑！你在那里发抖。
丽质是命运的命运。
我已经将你禽捉在手内——我爱你，玫瑰！
色，香，肉体，灵魂，美，迷力——尽在我掌握之中。
我在这里发抖，你——笑。
玫瑰！我顾不得你玉碎香销，我爱你！
花瓣，花萼，花蕊，花刺，你，我，——多么痛快啊！——尽胶
结在一起；一片狼藉的猩红，两手模糊的鲜血。
玫瑰！我爱你！

（写于1922年6月。1923年2月4日《努力周报》。）

① 原诗名为《情死（Liebstch）》。徐志摩在创作这首诗时，从瓦格纳的歌剧《禁恋》（Das Liebesverbot oder Die Novize von Palermo）中汲取了灵感。

私　语

秋雨在一流清冷的秋水池，
一棵憔悴的秋柳里，
一条怯怜的秋枝上，
一片将黄未黄的秋叶上，
听他亲亲切切喁喁唼唼，
私语三秋的情思情事，情语情节，
临了轻轻将他拂落在秋水秋波的秋晕里，
　一涡半转，跟着秋流去。
这秋雨的私语，三秋的情思情事，情诗情节，
也掉落在秋水秋波的秋晕里，
　一涡半转，跟着秋流去。

七月二十一日

（写于1922年7月21日。1923年4月30日《时事新报·学灯》。）

小　诗

月，我含羞地说，
请你登记我冷热交感的情泪，
在你专登泪债的哀情录里：

月，我哽咽着说，

请你查一查我年表的滴滴清泪，
是放新账还是清旧欠呢？

（写于1922年7月21日。1923年4月30日《时事新报·学灯》。）

夜

一

夜，无所不包的夜，我颂美你！
夜，现在万象都像乳饱了的婴孩，在你大母温柔的怀抱中眠熟。
一天只是紧叠的乌云，像野外一座帐篷，静悄悄的，静悄悄的；
河面只闪着些纤微，软弱的辉芒，桥边的长梗水草，黑沉沉的像几条烂醉的鲜鱼横浮在水上，任凭憃懒的柳条，在他们的肩尾边撩拂；
对岸的牧场，屏围着墨青色的榆荫，阴森森的，像一座镵空的古墓；那边树背光芒，又是什么呢？
我在这沉静的境界中徘徊，在凝神地倾听……听不出青林的夜乐，听不出康河的梦呓，听不出鸟翅的飞声；
我却在这静谧中，听出宇宙进行的声息，黑夜的脉搏与呼吸，听出无数的梦魂的匆忙踪迹；
也听出我自己的幻想，感受了神秘的冲动，在豁动他久敛的羽翮，准备飞出他沉闷的巢居，飞出这沉寂的环境，去寻访
黑夜的奇观，去寻访更玄奥的秘密——

听呀，他已经沙沙的飞出云外去了！

二

一座大海的边沿，黑夜将慈母似的胸怀，紧贴住安息的万象；

波澜也只是睡意，只是懒懒向空疏的沙滩上洗淹，像一个小沙弥在瞌睡地撞他的夜钟，只是一片模糊的声响。

那边岩石的面前，直竖着一个伟大的黑影——是人吗？

一头的长发，散披在肩上，在微风中颤动；

他的两臂，瘦的，长的，向着无限的天空举着，——

他似在祷告，又似在悲泣——

是呀，悲泣——

海浪还只在慢沉沉的推送——

看呀，那不是他的一滴眼泪？

一颗明星似的眼泪，掉落在空疏的海砂上，落在倦懒的浪头上，落在睡海的心窝上，落在黑夜的脚边——一颗明星似的眼泪！

一颗神灵，有力的眼泪，仿佛是发酵的酒酿，作炸的引火，霹雳的电子；

他唤醒了海，唤醒了天，唤醒了黑夜，唤醒了浪涛——真伟大的革命——

霎时地扯开了满天的云幕，化散了迟重的雾气。

纯碧的天中，复现出一轮团圆的明月，

一阵威武的西风，猛扫着大海的琴弦，开始，神伟的音乐。

海见了月光的笑容，听了大风的呼啸，也像初醒的狮虎，摇摆咆哮起来——

霎时地浩大的声响，霎时地普遍的猖狂！

夜呀！你曾经见过几滴那明星似的眼泪？

三

到了二十世纪的不夜城。

夜呀，这是你的叛逆，这是恶俗文明的广告，无耻，淫猥，残暴，肮脏，——表面却是一致的辉耀，看，这边是跳舞会的尾声，

那边是夜宴的收梢，那厢高楼上一个肥狠的犹大，正在奸污他钱掳的新娘；

那边街道的转角上，有两个强人，擒住一个过客，一手用刀割断他的喉管，一手掏他的钱包；

那边酒店的门外，麇聚着一群醉鬼，蹒跚地在秽语，狂歌，音似钝刀刮锅底——

幻想更不忍观望，赶快的掉转翅膀，向清净境界飞去。

飞过了海，飞过了山，也飞回了一百多年的光阴——

他到了“湖滨诗侣”的故乡[①]。

多明净的夜色！只淡淡的星辉在湖胸上舞旋，三四个草虫叫夜；

四围的山峰都把宽广的身影，寄宿在葛濑士迷亚[②]柔软的湖心，沉酣的睡熟；

那边“乳鸽山庄”放射出几缕油灯的稀光，斜偻在庄前的荆篱上；

听呀，那不是，罪翁[③]吟诗的清音——

The poets who in earth have made us heir

of truth a pure delight by heavenly lays!

Oh! Might my name be numbers among their,

---

① “湖滨诗侣”的故乡，即英国西北部的昆布兰湖区。英国早期浪漫主义的代表是湖畔派诗人，主要人物有华兹华斯、柯勒律治和骚塞，他们共同反对古典主义传统，歌颂大自然。三人曾一同隐居在昆布兰湖区，先后居住在格拉斯米尔和文德美尔两个湖畔。

② 葛濑士迷亚，即前注中所说的格拉斯米尔湖（Grasmere），英国坎伯里亚郡湖区的湖泊之一。

③ 罪翁，指英国浪漫主义诗人华兹华斯。

the glady bowls end my ental day![1]
诗人解释大自然的精神，
美妙与诗歌的欢乐，苏解人间爱困！
无羡富贵，但求为此高尚的诗歌者之一人，
便撒手长暝，我已不负吾生。
我便无憾地辞尘埃，返归无垠。

他音虽不亮，然韵节流畅，证见旷达的情怀，一个个的音符，
都变成了活动的火星，从窗棂里点飞出来！飞入天空，
仿佛一串鸢灯，凭彻青云，下照流波，余音洒洒的惊起
了林里的栖禽，放歌称叹。
接着清脆的嗓音，又不是他妹妹桃绿水（Dorothy）[2] 的？
呀，原来新染烟癖的高柳列奇（Coleridge）[3] 也在他家作客，
三人围坐在那间湫隘的客室里，壁炉前烤火炉里烧着他
们早上在园里亲劈的栗柴，在必拍的作响，铁架上的水
壶也已经滚沸，嗤嗤有声：

To sit without emotion, hope or aim,
in the loved pressure of my cottagefire,
and bisties to the flapping of the flame
or kettle whispering its faint under song, [4]
坐处在可爱的将息炉火之前，
无情绪的兴奋、无冀、无筹营，
听，但听火焰，飐摇的微喧，
听水壶的沸响，自然的乐音。

① 这段诗是华兹华斯的作品 *Personal Talk* 的结尾部分。
② 桃绿水（Dorothy），即华兹华斯的妹妹多萝西·华兹华斯，在《给——》一诗中又被称作“桃乐斯”。
③ 高柳列奇（Coleridge），Samuel Taylor Coleridge，现通译为塞缪尔·泰勒·柯勒律治（1772—1834），英国著名浪漫主义诗人，与华兹华斯、多萝西俱为好友。曾吸食鸦片成瘾。
④ 这段诗同样来自华兹华斯的作品 *Personal Talk*。

夜呀，像这样人间难得的纪念，你保存了多少……

四

他又离了诗侣的山庄，飞出了湖滨，重复逆溯着汹涌的时潮，到了几百年前海岱儿堡（Heidelberg）[①] 的一个跳舞盛会。

雄伟的赭色宫堡[②]，一体沉浸在满目的银涛中，山下的尼波河（Nubes）[③] 在悄悄的进行。

堡内只是舞过闹酒的欢声，那位海量的侏儒今晚已喝到第六十三瓶啤酒，嚷着要吃那大厨里烧烤的全牛，引得满庭假发粉面的男客、长裙如云的女宾，哄堂的大笑。

在笑声里幻想又溜回了不知几十世纪的一个昏夜——

眼前只见烽烟四起，巴南苏斯的群山，点成一座照彻云天大火屏，

远远听得呼声，古朴壮硕的呼声——

“阿加孟龙[④]打破了屈次奄[⑤]，夺回了海伦，现在凯旋回雅典了，希腊的人民呀，大家快来欢呼呀！——

——阿加孟龙，王中的王！”

这呼声又将我幻想的双翼，吹回更不知无量数的世纪，到了一个更古的黑夜，一座大山洞的跟前；

一群男女，老的、少的、腰围兽皮或树叶的原民，蹲踞在一堆柴火的跟前，在煨烤大块的兽肉。猛烈地腾窜的火

---

① 海岱儿堡（Heidelberg），现通译为海德堡，德国著名旅游文化之都。

② 赭色宫堡，疑即海德堡城堡。海德堡城堡坐落于王座山上，为红褐色古城堡，是选帝侯宫邸。

③ 尼波河（Nubes），即内卡河，德语名为 Neckar，莱茵河右岸支流，在德国西南部。海德堡就坐落于内卡河畔。

④ 阿加孟龙，现通译为阿伽门农，希腊神话中的迈锡尼王。因其弟弟墨涅拉奥斯的妻子海伦被特洛伊王子帕里斯诱走，起兵攻打特洛伊，引发十年战争。

⑤ 屈次奄，现通译为特洛伊。

花，照出他们强固的躯体，黝黑多毛的肌肤——
这是人类文明的摇荡时期。
夜呀，你是我们的老乳娘！

五

最后飞出了气围，飞出了时空的关塞。
当前是宇宙的大观！
几百万个太阳，大的小的，红的黄的，放花竹似的在无极中激震，旋转——
但人类的地球呢？
一海的星砂，却向哪里找去，
不好，他的归路迷了？
夜呀，你在哪里？
光明，你又在哪里？

六

“不要怕，前面有我。”一个声音说。
“你是谁呀？”
“不必问，跟着我来不会错的。我是宇宙的枢纽，我是光明的泉源，我是神圣的冲动，我是生命的生命，我是诗魂的向导；不要多心，跟我来不会错的。”
“我不认识你。”
“你已经认识我！在我的眼前，太阳、草木、星、月、介壳、鸟兽、各类的人、虫豸，都是同胞，他们都是从我取得生命，都受我的爱护，我是太阳的太阳，永生的火焰；
你只要听我指导，不必猜疑，我叫你上山，你不要怕险；我教你入水，你不要怕淹；我教你蹈火，你不要怕烧；我叫你跟我走，你不要问我是谁；
我不在这里，也不在那里，但只随便哪里都有我。若然万象都是空的幻的，我是终古不变的真理与实在；
你方才遨游黑夜的胜迹，你已经得见他许多珍藏的秘密，——你方才经过大海的边沿，不是看见一颗明星似的眼泪吗？——那就是我。
你要真静定，须向狂风暴雨的底里求去；
你要真和谐，须向混沌的底里求去；
你要真平安，须向大变乱，大革命的底里求去；
你要真幸福，须向真痛苦里尝去；
你要真实在，须向真空虚里悟去；
你要真生命，须向最危险的方向访去；
你要真天堂，须向地狱里守去；
这方向就是我。
这是我的话，我的教训，我的启方；
我现在已经领你回到你好奇的出发处，引起你游兴的夜里；
你看这不是湛露的绿草，这不是温驯的康河？愿你再不要多疑，听我的话，不会错的，——我永远在你的周围。”

一九二二年七月康桥

（写于 1922 年 7 月。1923 年 12 月 1 日《晨报·文学旬刊》。）

清风吹断春朝梦

片片鹅绒眼前纷舞，
　疑是梅心蝶骨醉春风；
一阵阵残琴碎箫鼓，

　依稀山风催瀑弄青松；

梦底的幽情，素心，
缥缈的梦魂，梦境，——
都教晓鸟声里的清风，
轻轻吹拂——吹拂我枕衾，
枕上的温存——，将春梦解成
丝丝缕缕，零落的颜色声音！
这些深灰浅紫，梦魂的认识，
依然黏恋在梦上的边陲。
无如风吹尘起，漫潦梦屐，
纵心愿归去，也难不见涂踪便；

清风！你来自青林幽谷，
　　　款布自然的音乐，
　　　轻怀草意和花香，
　　　温慰诗人的幽独，
　　　攀帘问小姑无恙，
　　　知否你晨来呼唤，
　　　唤散一缘绻缱——
　　　梦里深浓的恩缘？
　　　任春朝富的温柔，
　　　问谁偿逍遥自由？
只看一般梦意阑珊，——
诗心，恋魂，理想的彩云，——
一似狼藉春阴的玫瑰，
一似鹃鸟黎明的幽叹，
韵断香散，仰望天高云远，
梦翅双飞，一逝不复还！

十日前作《春梦》，偶然拈得此题，今日始勉强成咏，诗意过揉且隐，词只掠影之功，音节不纯，尤所深憾；然梦固难显，灵奥亦何能遽达，独恨神游未远，又被同来阻隔耳！

八月三日

（写于 1922 年 8 月 3 日。1923 年 6 月 5 日《时事新报·学灯》。）

你是谁呀?

你是谁呀？
面熟得很，你我曾经会过的，
但在哪里呢，竟是无从记起；
是谁引你到我密室里来的？
你满面忧怆的精神，你何以
默不出声，我觉得有些怕惧；
你的肤色好比干蜡，两眼里
泄露无限的饥渴；呀！他们在
迸泪、鲜红、枯干、凶狠的眼泪，
胶在睚帘边，多可怕，多凄惨！
——我明白了：我知晓你的伤感，
憔悴的根源；可怜！我也记起，
依稀，你我的关系像在这里，
那里，云里雾里，哦，是的是的！
但是再休提起：你我的交谊，
从今起，另辟一番天地，是呀，

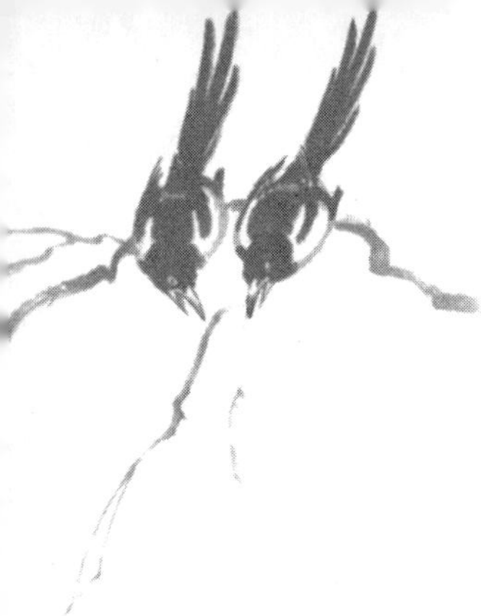

另辟一番天地；再不用问你
——我希冀——“你是谁呀”？

（1922 年写于英国。1923 年 5 月 4 日《时事新报·学灯》。）

青年杂咏

一

　　青年！
你为什么沉湎于悲哀？
你为什么耽乐于悲哀？
你不幸为今世的青年，
你的天是沉碧奈何天；
你筑起了一座水晶宫殿，
在“眸冷骨累”（melancholy）[1] 的河水边。
河流流不尽骨累眸冷，
还夹着些些残枝断梗，
一声声失群雁的悲鸣，
水晶宫朝朝暮暮反映——
映出悲哀，飘零，眸子吟，
无聊，宇宙，灰色的人生，
你独生在宫中，青年呀，
霉朽了你冠上的黄金！

[1] “眸冷骨累”（melancholy），“眸冷骨累”是英文 melancholy（忧郁）的音译。

二

　　青年！

你为什么迟徊于梦境？
你为什么迷恋于梦境？
你幸而为今世的青年，
你的心是自由梦魂心，
你抛弃你尘秽的头巾，
解脱你肮脏的外内衿，
露出赤条条的洁白身，
跃入缥缈的梦潮清冷，
浪势奔腾，侧眼波罅里，
看朝彩晚霞，满天的星，——
梦里的光景，模糊，绵延，
却又分明；梦魂，不愿醒，
为这大自在的无终始，
任凭长鲸吞噬，亦甘心。

三

　　青年！

你为什么醉心于革命，
你为什么牺牲于革命？
黄河之水来自昆仑巅，
泛流华族支离之遗骸，
挟黄沙莽莽，沉郁音响，
苍凉，惨如鬼哭满中原！
华族之遗骸！浪花荡处
尚可认伦常礼教，祖先，
神主之断片，——君不见
两岸遗孽，枉戴着忠冠、

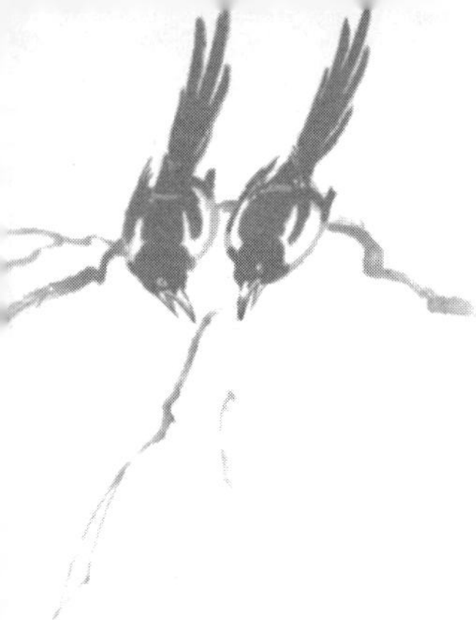

孝辩、抱缺守残，泪眼看
风云暗淡，“道丧”的人间！
运也！这狂澜，有谁能挽，
问谁能挽精神之狂澜？

（1922年春写于英国。1923年3月18日《时事新报·学灯》。）

月夜听琴

是谁家的歌声，
和悲缓的琴音，
星茫下，松影间，
有我独步静听。

音波，颤震的音波，
穿破昏夜的凄清，
幽冥，草尖的鲜露，
动荡了我的灵府。

我听，我听，我听出了
琴情，歌者的深心。
枝头的宿鸟休惊，
我们已心心相印。

休道她的芳心忍，
她为你也曾吞声，

休道她淡漠，冰心里
满蕴着热恋的火星。

记否她临别的神情，
满眼的温柔和酸辛，
你握着她颤动的手——
一把恋爱的神经！

记否你临别的心境，
冰流沦彻你全身，
满腔的抑郁，一海的泪，
可怜不自由的魂灵？

松林中的风声哟！
休扰我同情的倾诉；
人海中能有几次
恋潮淹没我的心滨？

那边光明的秋月，
已经脱卸了云衣，
仿佛喜声地笑道：
“恋爱是人类的生机！”

我多情的伴侣哟！
我羡你蜜甜的爱唇，
却不道黄昏和琴音
联就了你我的神交！

（1922 年写于英国。1923 年 4 月 1 日《时事新报·学灯》。）

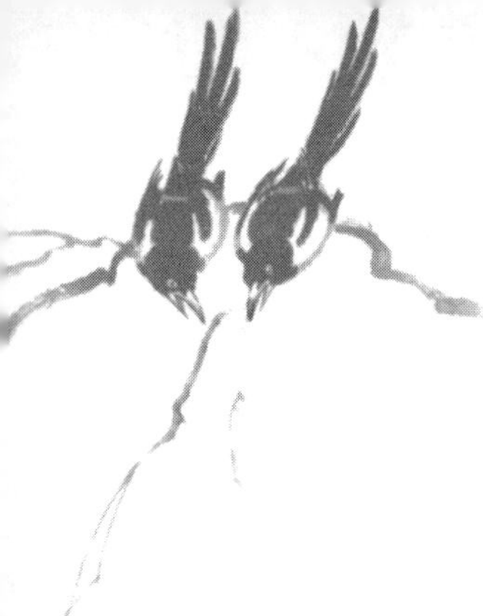

无　儿

夜色
溟蒙，
野鸽
在巢中，
窸率，
翀毳，
蓬松。
这鸽儿的抖动，
恍似
小孩的嫩掌——
嫩又丰——
扪胸，
可爱的逗痒
茸茸；
“鸽儿呀！
休动休动，
我心忡忡，
我泪溶溶，
鸽儿呀，
休动休动，
无儿的我，
忍不住伤痛。”

（1922 年写于英国。1923 年 5 月 4 日《时事新报·学灯》。）

康桥西野暮色

我常以为文字无论韵散的圈点并非绝对的必要。我们口里说笔上写得清利晓畅的时候，段落语气自然分明，何必多添枝叶去加点画。近来我们崇拜西洋了，非但现代做的文字都要循规蹈矩，应用“新圈钟”，就是无辜的圣经贤传红楼水浒，也教一班无事忙的先生，支离宰割，这里添了几只钩，那边画上几枝怕人的黑杠！！！真好文字其实没有圈点的必要，就怕那些“科学的”先生们倒有省事的必要。

你们不要骂我守旧，我至少比你们新些。现在大家喜欢讲新，潮流新的，色彩新的，文艺新的，所以我也只好随波逐流跟着维新。唯其为要新鲜，所以我胆敢主张一部分的诗文废弃圈点。这并不是我的创见，自今以后我们多少免不了仰西洋的鼻息。我想你们应该知道英国的小说家 George Choow，你们要看过他的名著《Krook Kerith》，就知道散文的新定义新趣味新音节。

还有一位爱尔兰人叫做 James Joyce①，他在国际文学界的名气恐怕和蓝宁②在国际政治界上差不多，一样受人崇拜，受人攻击。他五、六年前出了一部《The Portrait of an Artist as Young Men》③，独创体裁，在散文里开了一个新纪元，恐怕这就是一部不朽的贡献。他又做了一部书叫《Ulysses》④，英国美国谁都不肯不敢替他印，后来他自己在巴黎印行。这部书恐怕非但是今年，也许是这个时期里的一部独一著作。他书后最后一百页

① James Joyce，詹姆斯·乔伊斯（1882—1941），爱尔兰作家、诗人，意识流小说的代表作家，代表作有《尤利西斯》等。

② 蓝宁，现通译为列宁。

③ 《The Portrait of an Artist as Young Men》，即乔伊斯的小说《一个青年艺术家的画像》。

④ 《Ulysses》，即乔伊斯的小说《尤利西斯》。

（全书共七百几十页）那真是纯粹的“Prose[①]”，像牛酪一样润滑，像教堂里石坛一样光澄，非但大写字母没有，连，。……？：——；——！（）“”等可厌的符号一齐灭迹，也不分章句篇节，只有一大股清丽浩瀚的文章排奡而前，像一大匹白罗披泻，一大卷瀑布倒挂，丝毫不露痕迹，真大手笔！

至于新体诗的废句须大写，废句法点画，更属寻常，用不着引证。但这都是乘便的饶舌。下面一首乱词，并非故意不用句读，实在因为没有句读的必要，所以画好了蛇没有添足上去。

一个大红日挂在西天
紫云绯云褐云
簇簇斑斑田田
青草黄田白水
郁郁密密鬅鬅
红瓣黑蕊长梗
罂粟花三三两两

一大块透明的琥珀
千百折云凹云凸
南天北天暗暗默默
东天中天舒舒阖阖
宇宙在寂静中构合
太阳在头赫里告别
一阵临风
几声“可可”

一颗大胆的明星

① Prose，英语，意为散文。

仿佛骄矜的小艇
抵牾着云涛云潮
兀兀漂漂潇潇
侧眼看暮焰沉销
回头见伙伴来

晚霞在林间田里
晚霞在原上溪底
晚霞在风头风尾
晚霞在村姑眉际
晚霞在燕喉鸦背
晚霞在鸡啼犬吠

晚霞在田陇陌上
陌上田垅行人种种
白发的老妇老翁
屈躬咳嗽龙钟
农夫工罢回家
肩锄手篮口衔菰巴
白衣裳的红腮女郎
攀折几茎白葩红英
笑盈盈翳人绿荫森森
跟着肥满蓬松的“北京”
罂粟在凉园里摇曳
白杨树上一阵鸦啼
夕照只剩了几痕紫气
满天镶嵌着星巨星细
田里路上寂无声响
榆荫里的村屋微泄灯芒

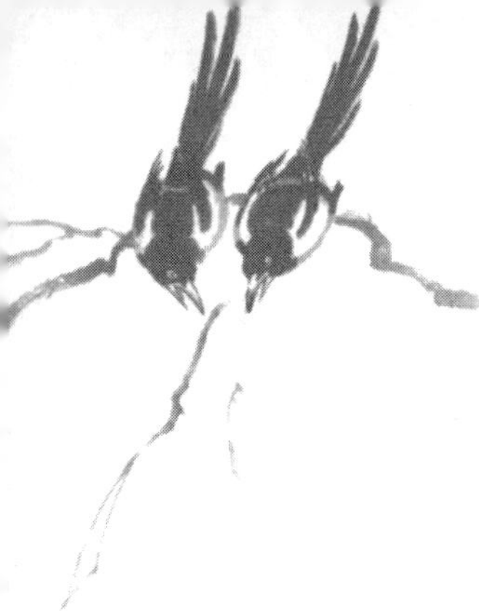

冉冉有风打树叶的抑扬
前面远远的树影塔光
罂粟老鸦宇宙婴孩
一齐沉沉奄奄眠熟了也

（1922 年写于英国。1923 年 7 月 6 日《时事新报·学灯》。）

悲　观

一

青草地，
牛吃草，
摇头掉尾，
天上的青云白云
卷来卷去。

二

登山头，
望城里。
只见黑沉沉的屋顶
　鳞次栉比，
街道上尘烟里，
　生灵挤挤。

三

教堂前，

钟声里，
白衣的牧师
和黑裙黑披的老妇女，
聚复散，散复聚。

四

歌舞场，
繁华地，
白的红的，黑的绿的，
高冠长裙，笑语依稀。

五

庙堂中，
柴堆里，
几块破烂的木头，
当年受香烟礼拜的偶像，
面目未朽，未朽！

六

战场上，
濠沟里，
枪炮倒在败草间，
到处残破的房屋，
　肢体，血痕缕缕。

七

天灾国，
饥荒地，
草尽木稀，

小儿不啼，
黑灰色的空气。

八

心死国，
人荒境，
有影无形，
有声无气，
深谷里的子规，
　见月不啼。

九

噫！
噫！

十

幻象破，
上帝死，
半夜梦醒睡已尽，
但这黑昏昏，阴森森
　鬼棱棱……

十一

这心头
压着全世界的重量，咳！全宇宙
这精神的宇宙
这宇宙的宇宙，
都是空，空，空，……

十二

休！

休！

（约 1922 年写于英国。1969 年台湾传记文学出版社《徐志摩全集》第 1 辑。）

威尼市[1]

我站在桥上，
这甜熟的黄昏，
远处来的箫声和琴音——点儿、线儿，
圆形、方形、长形，
尽是灿烂的黄金，
倾泻在波涟里，
澄蓝而凝匀。
歌声，游艇，
灯烛的辉莹，
梦寐似生，
——细缊——
幻景似消泯，
在流水的胸前——
鲜妍，绻缱——
流，流，
流入沉沉的黄昏。

① 威尼市，今通译为威尼斯，意大利东部城市，有“水城”之誉。

我灵魂的弦琴，
感受了无形的冲动，
怔忡，惺忪，
悄悄地吟弄，
一支红朵蜡[①]的新曲，
出咽的香浓；
但这微妙的心琴哟，
有谁领略，
有谁能听！

（1922 年写于英国。1923 年 4 月 28 日《时事新报·学灯》。）

马　赛

马赛，你神态何以如此惨淡？
　空气中仿佛释透了铁色的矿质，
　你拓臂环拥着的一湾海，也在迟重的阳光中，
　　沉闷地呼吸；
一涌青波，一峰白沫，一声呜咽；

地中海呀！
　你满怀的牢骚，

① 红朵蜡，gondola，一种凤尾船，常见于意大利威尼斯运河。此处指船夫。

恐只有蟠白的阿尔帕斯[1]——永远
　自万尺高处冷眼下瞰——深浅知悉。

马赛，你面容何以如此惨淡？
　这岂是情热猖獗的欧南？
　看这一带山岭，筑成天然城堡，
　雄闳沉着，
　一床床的大灰岩，
　一丛丛的暗绿林，
　一堆堆的方形石灰屋——
　光土毛石的尊严，
　朴素自然的尊严，
　淡净颜色的尊严——
　无愧是水让（Cézanne）[2]神感的故乡，
　廊大[3]艺术灵魂的手笔！

　但普鲁罔司情歌缠绵真挚的精神，
　在黑暗中布植文艺复兴种子的精神，
　难道也深隐在这些岩片杂草的中间，
　惨雾淡抹的中间？

马赛，你惨淡的神情，
　倍增了我别离的幽感，别离欧土的怆心；
　我爱欧化，然我不恋欧洲；
　此地景物已非，不如归去；

① 阿尔帕斯，疑为阿尔卑斯，欧洲最高大、最雄伟的山脉。
② 水让（Cézanne），即 Paul Cézanne，今通译为保罗·塞尚（1839—1906），法国著名印象派画家。
③ 廊大，疑即 Pierre-Auguste Renoir，今通译为皮埃尔·奥古斯特·雷诺阿（1841—1919），法国著名印象派画家。

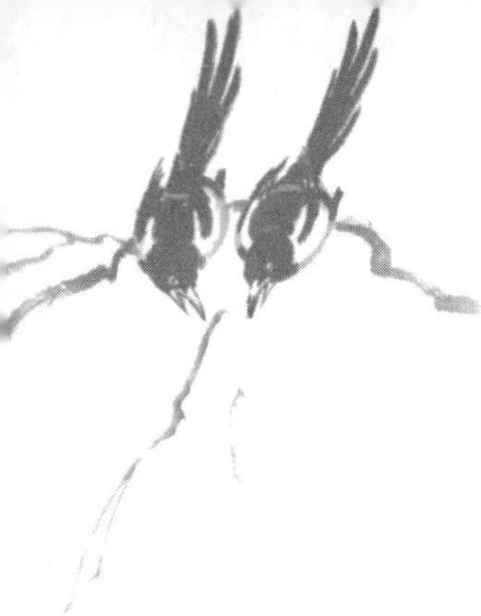

家乡有长梗菜饭，米酒肥羔，
此地景物已非，不堪存想。
我游都会繁庶，时有踯躅墟墓之感，
在繁华声色场中，有梦亦多恐怖；
我似见莱茵河边，难民麇伏，
冷月照鸠面青肌，凉风吹褴褛衣结，
柴火几星，便鸡犬也噤无声音；

又似身在咖啡夜馆中，
烟雾里酒香袂影，笑语微闻，
场中有裸女作猥舞，
场背有黑面奴弄器出淫声；

百年来野心迷梦，已教大战血潮冲破；
如今凄惶遍地，兽性横行；
不如归去，此地难寻干净人道，
此地难得真挚人情，不如归去！

（写于1922年8月从英国归国途中。1922年12月17日《努力周报》第33期。）

秋月呀

秋月呀！
谁禁得起银指尖儿
浪漫地搔爬呵！
不信但看那一海的轻涛，可不是禁不住它玉指的抚

　摩，
　在那里低徊饮泣呢！就是那
无聊的熏烟。
秋月的美满，
熏暖了飘心冷眼，
也清冷地穿上了轻缟的衣裳，
来参与这
美满的婚姻和丧礼。

（写于1922年10月6日。1922年11月6日《新浙江报·新朋友》。）

梦游埃及

龙舟画桨
　　地中海海乐悠扬；
浪涛的中心
　　有丑怪奋斗汹张；

一轮漆黑的明月。
滚入了青面的太阳——
　　青面白发的太阳；
太阳又奔赴涛心，将海怪
　　浇成奇伟的偶像；

大海化成了大漠；
开佛伦王的石像

　　危峙在天地中央；
张口把太阳吃了
　　遍体发骇人的光亮；
巨万的黄人黑人白人
　　蠕伏在浪涛汹涌的地面；
金刚般的勇士
　　大倘步走上了人堆；

人堆里呶呶的怪响
　　不知是悲切是欢畅；
勇士的金盔金甲
　　闪闪亮亮
　　烨烨生火；

顷刻大火燔燔，火焰里有个
伟丈夫端坐；
　像菩萨，
　像葛德，
　像柏拉图，
坐镇在勇士们头颅砌成的
莲台宝座；

一阵骇人的金电，——
这人宝塔又变形为
　　大漠里清静静地
　　一座三角金字塔：
　　一个个金字，都是
　　　放焰的龙珠；
塔像一只高背的骆驼，

驮着个不长不短的
人魔——他睁着怪眼大喊道：——
“奴隶的人间，可曾看出
此中的消息呀？”

（1922 年写于英国。1923 年 5 月 14 日《时事新报·学灯》。）

地中海中梦埃及魂入梦

（埃及，古埃及！）
昨夜你古希的精灵，
洒一瓢黝黄的月彩，
点染我的梦境；

（埃及，古埃及！）
我梦魂在海上游行，
听波涛终古的幽骚，
终古不平之鸣；

（埃及，古埃及！）
我鼓梦棹上溯时潮，
逆湍险，访史乘的泉源，
邀游云间宫堡；

（埃及，古埃及！）
在尘埃之外逍遥，

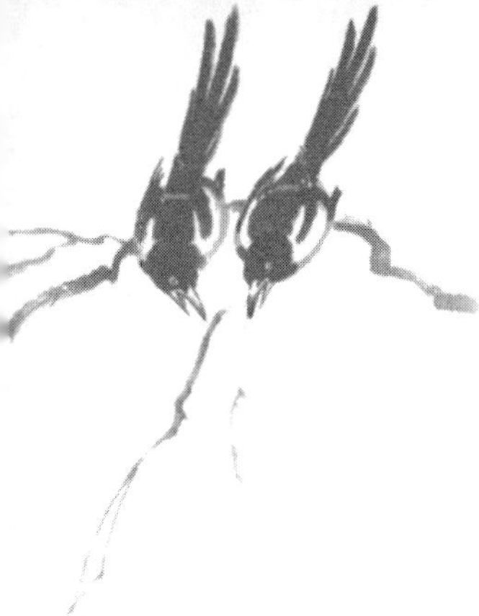

解脱了时空的锁链，
　　自由地翔翱；

　　（埃及，古埃及！）
超轶了梦境的神秘，
超轶了神秘的梦境，
　　一切人生之迷；

　　（埃及，古埃及！）
颠破了这颠不破的梦壳，
方能到真创造的庄严地，
凝成人间千年万年，
凝不成的理想结晶体；

　　（埃及，古埃及！）
开佛伦王寂寞的偶像无恙！
开佛伦王寂寞的理想无恙！
开佛伦王寂寞的梦乡无恙！

　　（埃及，古埃及！）
尼罗河畔的月色，
三角洲前的涛声，
金字塔光的微颤，
人面狮身的幽影！
　　是我此日梦景之断片，
　　是谁何时断片的梦景？

（写于1922年8月从英国归国途中。1923年9月4日《时事新报·学灯》。）

“两尼姑”或“强修行”

一

门前几行竹，
后园树荫毵，
墙苔斑驳日影迟，
清妙静淑白岩庵。

庵里何人居？
修道有女师：
大师正中年，
小师甫二十。

大师昔为大家妇，
夫死誓节作道姑，
小师祝发心悲切，
字郎不幸音尘绝。

彼此同怜运不济，
持斋奉佛山隈里；
花开花落春来去，
庵堂里尽日念阿弥。

佛堂庄洁供大士，
大士微笑手拈花，
春慵画静风日眠，
木鱼声里悟禅机。

禅机悟未得，
凡心犹兀兀；
大师未忘人间世，
小师情孽正放花。

情孽放花不自知，
芳心苦闷说无词；
可怜一对笼中鸟，
尽日呢喃尽日悲。

长尼多方自譬解，
人间春色亦烟花；
筵席大小终须散，
出家岂有再还家。

二

繁星天，明月夜，
春花茂，秋草败，
燕双栖，子规啼，
蝶恋花，蜂收蕊——
自然风色最恼人，
出家人对此浑如醉。

门前竹影疏，
后圃树荫绵，
蒲团氤氲里，
有客来翩翩。

客来慕山色，
随喜偶问庵，
小师出应门，
腮颊起红痕。

红痕印颊亦印心，
小女自此懒讽经；
佛缘，
尘缘——
两不可相兼；
枯寂，
生命——
弱俗抑率真？

神气顿恍惚，
清泪湿枕衾，
幼尼亦不言，
长尼亦不问。

三

竹影当婆娑，
树影犹掩映。
如何白岩庵，
不见修行人？

佛堂佛座尽灰积，
拈花大士亦蒙尘，
子规空啼月，
蜘网布庵门。

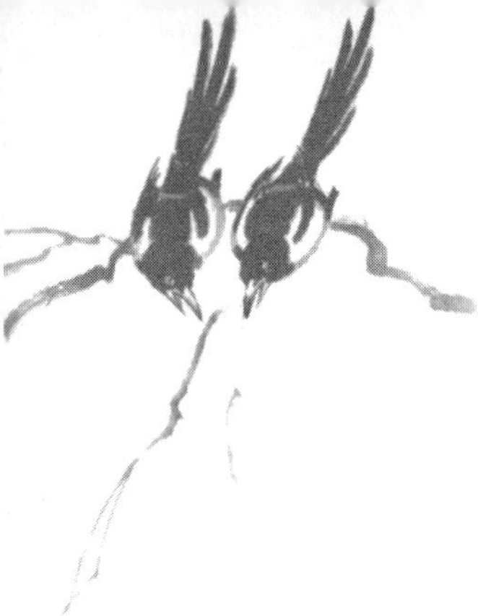

疏林发凉风，
荒圃有余薪。
鸦闹斜阳里，
似笑强修行！

（1922 年写于英国。1923 年 5 月 5 日《时事新报·学灯》。）

北方的冬天是冬天

北方的冬天是冬天！
满眼黄沙漠漠的地与天；
赤膊的树枝，硬搅着北风先——
一队队敢死的健儿，傲立在战阵前！
不留半片残青，没有一丝黏恋，
只拼着精光的筋骨；凝敛着生命的精液，
耐，耐三冬的霜鞭与雪拳与风剑，
直耐到春阳征服了消杀与枯寂与凶惨，
直耐到春阳打开了生命的牢监，放出一瓣的树头鲜！
直耐到忍耐的奋斗功效见，健儿克敌回家酣笑颜！
北方的冬天是冬天！
满眼黄沙茫茫的地与天；
田里一只呆顿的黄牛，
西天边画出几线的悲鸣雁。

（写于 1923 年 1 月 22 日。1923 年 1 月 28 日《努力周报》第 39 期。）

小花篮
——送卫礼贤先生

一年前此时，我正与博生、通伯同游槐马[①]与耶纳[②]，访葛德[③]、西喇[④]之故居，买得一小花篮，随采野草实之，今草已全悴，把玩不觉兴感，因作左诗。

（卫礼贤先生，通我国学，传播甚力，其生平所最崇拜者，孔子而外，其邦人葛德是，今在北大讲葛德，正及其意大利十八月之留。）

我买一只小小的花篮，
杜陵人手编的兰花篮；

我采集一把青翠的小草，
从玫瑰园外的小河河边；

把那些小草装入了小篮；
小小的纪念，别有风趣可爱。

当年葛德自罗马归来，
载回朝旭似文化的光彩；

① 槐马，今通译为魏玛，德国著名城市。歌德和席勒曾在此创作出许多不朽的作品。

② 耶纳，今通译为耶拿，德国著名城市，有世界名校弗里德里希·席勒大学。

③ 葛德，Johann Wolfgang von Goethe，今通译为约翰·沃尔夫冈·冯·歌德（1749—1832），德国著名诗人、思想家，代表作有《浮士德》等。

④ 西喇，Johann Christoph Friedrich von Schiller，今通译为约翰·克里斯托弗·弗里德里希·冯·席勒（1759—1805），德国著名诗人、思想家、历史学家，代表作有《阴谋与爱情》等。

如今玫瑰园中清简的屋内，
贴近他创制诗歌的书案。
（Rosen-garden[1] 在 Weima[2] 葛德制诗处）

留着个小小的纪念：非造像，
非画件，亦非是古代史迹：

一束罗马特产的鲜菜，
如今僵缩成一小撮的灰骸！

这一小撮僵缩的灰骸，
却最澄见他宏坦的诗怀！

我冥想历史进行之参差，
问何年这伟大的明星再来？

听否那黄海东海南海的潮声，
声声问华族的灵魂何时自由？

我自游槐马归来，不过一年，
那小篮里的鲜花，已成枯蜷；

我感怀于光阴造作之荣衰，
亦憬然于生生无已之循环；

便历尽了人间的悲欢变幻，

---

① Rosen-garden，玫瑰园。
② Weima，魏玛公国。

也只似微波在造化无边之海！

（写于1923年3月16日。1923年3月23日《晨报副刊》。）

我是个无依无伴的小孩

我是个无依无伴的小孩，
无意地来到生疏的人间：

我忘了我的生年与生地，
只记从来处的草青日丽；

青草里满泛我活泼的童心，
好鸟常伴我在艳阳中游戏；

我爱啜野花上的白露清鲜，
爱去流涧边照弄我的童颜；

我爱与初生的小鹿儿竞赛，
爱聚砂砾仿造梦里的亭园；

我梦里常游安琪儿的仙府，
白羽的安琪儿，教导我歌舞；

我只晓天公的喜悦与震怒，
从不感人生的痛苦与欢娱；

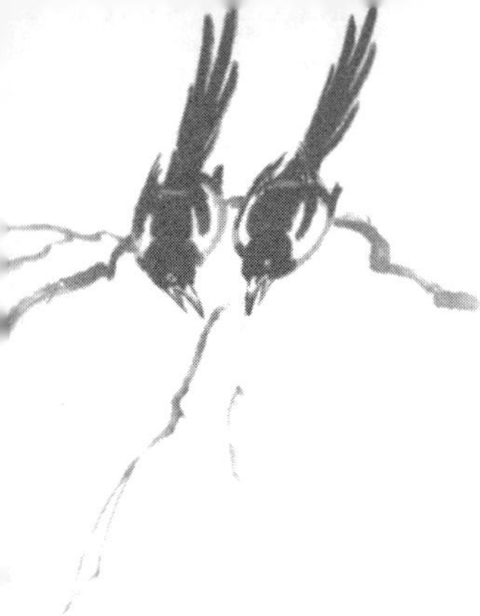

所以我是个自然的婴孩，
误入了人间峻险的城围：

我骇诧于市街车马之喧扰，
行路人尽戴着忧惨的面罩；

铅般的烟雾迷障我的心府，
在人丛中反感恐惧与寂寥；

啊！此地不见了清涧与青草，
更有谁伴我笑语，疗我饥惆，

我只觉刺痛的冷眼与冷笑，
我足上沾污了沟渠的泞潦；

我忍住两眼热泪，漫步无聊，
漫步着南街北巷，小径长桥；

我走近一家富丽的门前，
门上有金色题标，两字“慈悲”；

金字的慈悲，令我欢慰，
我便放胆跨进了门槛；

慈悲的门庭寂无声响，
堂上隐隐有阴惨的偶像；

偶像在伸臂，似庄似戏，

真骇我狂奔出慈悲之第；

我神魂惊悸慌张地前行，
转瞬间又面对“快乐之园”；

快乐园的门前，鼓角声喧，
红衣汉在守卫，神色威严；

游服竞鲜艳，如春蝶舞翩跹，
园林里阵阵香风，花枝隐现；

吹来乐音断片，招诱向前，
赤穷孩蹑近了快乐之园！

守门汉霹雳似的一声呼叱，
震出了我骇愧的两行急泪；

我掩面向僻隐处飞驰，
遭罹了快乐边沿的尖刺；

黄昏。荒街上尘埃舞旋，
凉风里有落叶在呜咽；

天地看似墨色螺形的长卷，
有孤身儿在踟蹰，似退似前；

我仿佛陷落在冰寒的阱锢，
我哭一声我要阳光的暖和！

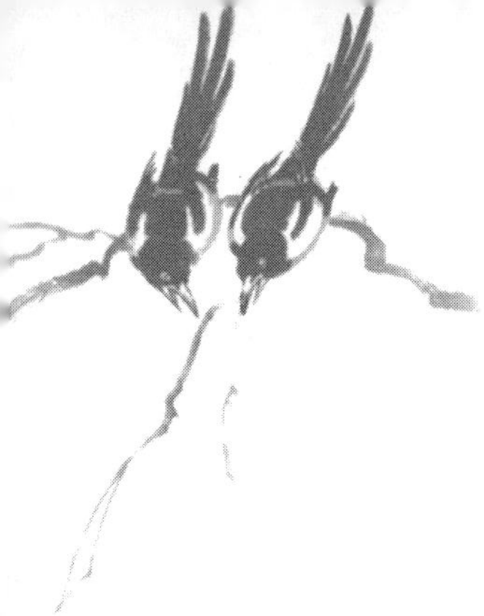

我想望温柔手掌，偎我心窝，
我想望搂我入怀，纯爱的母；

我悲思正在喷泉似的溢涌，
一闪闪神奇的光，忽耀前路；

光似草际的游萤，乍显乍隐，
又似暑夜的飞星，窜流无定；

神异的精灵！生动了黑夜，
平易了途径，这闪闪的光明；

闪闪的光明！消解了恐惧，
启发了欢欣，这神异的精灵；

昏沉的道上，引导我前进，
一步步离远人间进向天庭；

天庭！在白云深处，白云深处，
有美安琪敛翅羽，安眠未醒；

我亦爱在白云里安眠不醒
任清风搂抱，明星亲吻殷勤；

光明！我不爱人间，人间难觅
安乐与真情，慈悲与欢欣；

光明，我求祷你引致我上登
天庭，引挈我永住仙神之境；

我即不能上攀天庭，光明，
你也照导我出城围之困；

我是个自然的婴儿，光明知否，
但求回复自然的生活优游；

茂林中有餐不罄的鲜柑野栗，
青草里有享不尽的意趣香柔……

五月六日

（写于1923年5月6日。1923年5月13日《努力周报》第52期。）

康河晚照即景

这心灵深处的欢畅，
这情绪境界的壮旷；
任天堂沉沦，地狱开放，
毁不了我内府宝藏！

（1923年5月10日《小说月报》第14卷第5号。）

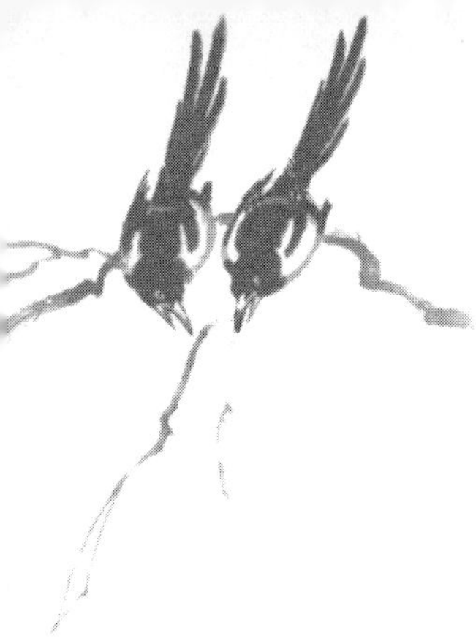

雀儿，雀儿

雀儿，雀儿，
你进我的门儿，
你又想出我的门儿。
碰呀，碰呀，
玻璃老碰你的头儿！
……

屋子里阴凉，
院子里有太阳。
屋子里就有我——你不爱；
院子里有的是，
你的姐姐妹妹好朋友！

我张开一双手儿，
叫一声雀儿雀儿；
我愿意做你的妈，
你做我乖乖的儿。

每天吃茶的时候，
我喂你碎饼干儿。
回头我们俩睡一床，
一同到甜甜的梦里去，
唱一个新鲜的歌儿。
……

（写于1923年6月初。1923年6月24日《努力周报》第58期。）

悲　思

悲思在庭前——
　　不；但看
　新萝憨舞，
　紫藤吐艳，
　蜂恣蝶恋——
悲思不在庭前。

悲思在天上——
　　不；但看——
　青白长空，
　气宇晴朗，
　云雀回舞——
悲思不在天上。

悲思在我笔里——
　　不；但看
　白净长毫，
　正待抒写，
　浩坦心怀——
悲思不在我的笔里。

悲思在我纸上——
　　不；但看
　质净色清，
　似在腼盼，

诗意春情——
悲思不在我的纸上。

悲思莫非在我……
心里——
心如古墟，
野草不株，
心如冻泉，
冰结活源，
心如冬虫，
久蛰久噤——
不，悲思不在我的心里！

五月十三日

（写于1923年5月13日。1923年5月20日《努力周报》第53期。）

铁柝歌

铁柝，铁柝，铁柝——三更：
夜色在更韵里沉吟，
满院只眠熟的树荫，
天上三五颗冷淡的星。

铁索，铁索……逝水似的消幻，
只缕缕星芒，漫洒在屋溜间；

静夜忽的裂帛似的撕碎——
一声声，愤急，哀乞，绝望的伤惨。

马号里暗暗的腐稻一堆：
犬子在索乳，呶呶的纷呶；
僵附在墙边，有瘦影一枚，
羸瘪的母狗，忍看着饥孩——

“哀哀，我馁，且殆，奈何饥孩，
儿来，非我罪，儿毙，我心摧”……
哀哀，在此深夜与空院，
有谁同情母道之悲哀？

哀哀，更柝声在巷外浮沉，
悄悄的人间，浑浑的乾坤；
哀哀这中夜的嗥诉与哀呻，
惊不醒——一丝半缕的同情！

正愿人间的好梦睡稳！
一任遍地的嗥诉与哀呻，
乞怜于黑夜之无灵，应和
街前巷后的铁柝声声！

端节后

（写于 1923 年 6 月。1923 年 7 月 1 日《努力周报》第 59 期。）

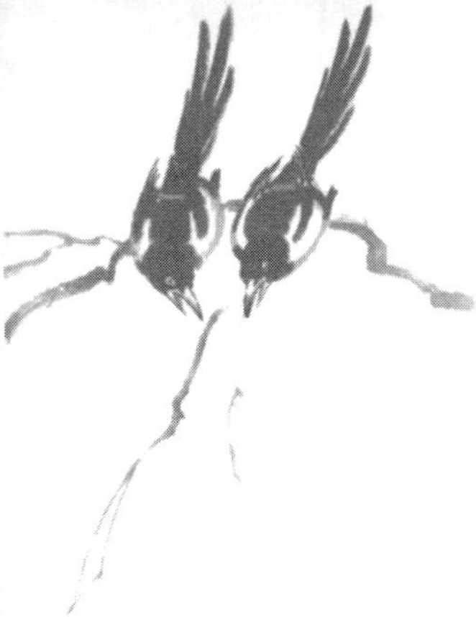

幻　想

一

天空里幻出一带的长虹，
一条七彩双首乔背的神龙；
一头的龙喙与龙须与龙髯，
淹没在埂奇河春泛之濑湍，
一头的龙爪，下踞在河北江南，
饮啜于长江大河，咽响如雷，
　这彩色神明的巨怪，
　满吸了东亚的大水，
昂首向坎坷的地面寻着，
吼一声，可怜，苦旱的人间！
遍野的饥农，在面天求怜，
求救渡的甘霖，满溢田田——
看呀，电闪里长鬣舞旋，
转惨酷为欢欣在俄顷之间！

二

天空里幻出长虹一带，
在碧玉的天空镶嵌，
一端挽住昆仑的山坳，
一端围绕在喜马拉雅之巉岩；
是谁何的匠心，制此巨采，
问伟男何在，问伟男何在？
披苍空普盖的青衫，
束此神异光明之带，

举步在浩宇里徘徊，
啊，踏翻，南北白头的高山，
霎时的雪花狂舞，雪花狂洒，
普化了东与西，洒遍了北与南，
丈夫！这纯澈无路的世界，
产生于一转之俄顷之间。

（1923 年 9 月 10 日《小说月报》第 14 卷第 9 号。）

题西湖所摄照片之后

我是从悲伤沉闷中，
来到这天然的胜处，
此窟里潜行的流涧，
又见了树色与天光。

（写于 1923 年 10 月下旬。
1947 年 3 月晨光文学丛书《志摩日记》中《西湖记》所附照片及手迹。）

花牛歌

花牛在草地里坐，
压扁了一穗剪秋萝。

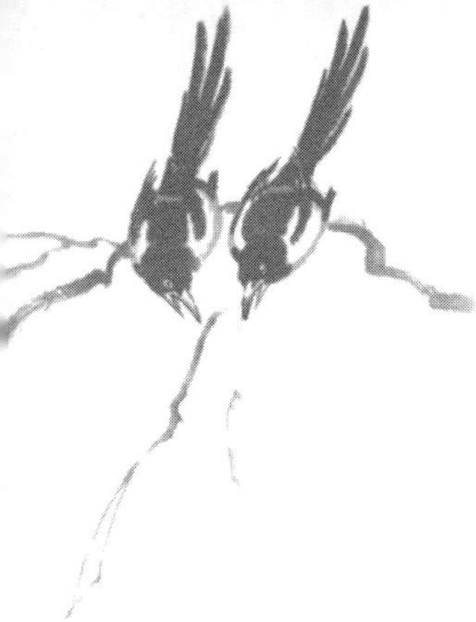

花牛在草地里眠，
白云霸占了半个天。

花牛在草地里走，
小尾巴甩得滴溜溜。

花牛在草地里做梦，
太阳偷渡了西山的青峰。

（约写于1923年。1937年1月《文学》第8卷第1号。）

八月的太阳

八月的太阳晒得黄黄的，
谁说这世界不是黄金?

小雀在树荫里打盹，
孩子们在草地里打滚。

八月的太阳晒得黄黄的，
谁说这世界不是黄金?

金黄的树林，金黄的草地，
小雀们合奏着欢畅的清音:

金黄的茅舍，金黄的麦屯，
金黄是老农们的笑声。

（约写于1923年。1937年1月《文学》第8卷第1号。）

一个噩梦

我梦见你——呵，你那憔悴的神情！——
　手捧着鲜花腼腆的做新人；
我恼恨——我恨你的良心，
　我又不忍，不忍你的疲损。

你为什么负心？我大声的诃问——
　但那喜庆的闹乐侵蚀了我的恚愤；
你为什么背盟？我又大声的诃问——
　那碧绿的灯光照出你两腮的泪痕！

仓皇的，仓皇的，我四顾观礼的来宾——
　为什么这满堂的鬼影与逼骨的阴森？
我又转眼看那新郎——啊，上帝有灵光！——
　却原来，偎傍着我爱，是一架骷髅狰狞！

（1924年11月2日《晨报副刊》。）

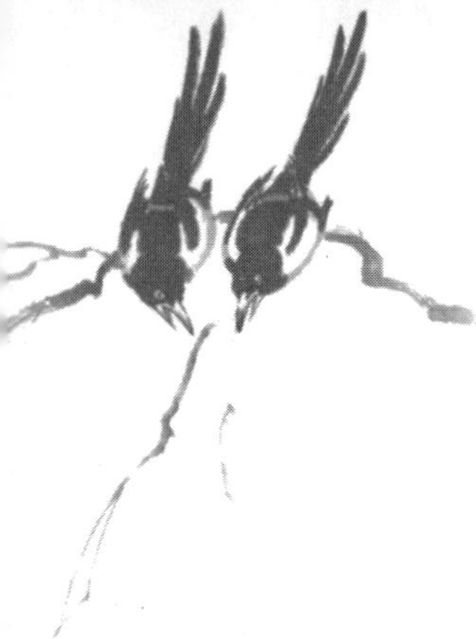

山中大雾看景

这一瞬息的展雾——
　是山雾
　是台幕
这一转瞬的沉闷。
　是云蒸，
　是人生？

那分明是山、水、田、庐，
又分明是悲、欢、喜，怒，
啊，这眼前刹那间开朗，
我仿佛感悟了造化的无常！

（写于1924年8月。1924年12月5日《晨报·文学旬刊》。）

朝雾里的小草花

这岂是偶然，小玲珑的野花！
　你轻含着鲜露颗颗。
　怦动的像是慕光明的花蛾。
在黑暗里想念焰彩，晴霞；

我此时在这蔓草丛中过路。

无端的内感，惘怅与惊讶，
在这迷雾里，在这岩壁下，
思忖着，泪怦怦的，人生与鲜露？

（写于1924年8月。1924年12月5日《晨报·文学旬刊》。）

白话词十二首

一　转调满庭芳

池边青草，院里绿阴，向窗外一望，晚晴真好啊！帘也打起来，门也打开来，有客来么，正好。我一个人吃酒正觉得寂寞，又想起行人未归，好不难过，坐下吃一杯酒吧，荼蘼是开过了，还有梨花可赏呢。

不要谈到从前赏花的胜会，打扮起来，高朋满座，看着外面的王孙公子，车水马龙，虽然遇到风雨，依然觉得痛快，如今没有这种兴会了，这样的好时节也是空的。

原词　转调满庭芳

芳草池塘，绿阴庭院，晚晴寒透窗纱。玉钩金镲，管是客来吵。寂寞尊前席上，唯愁海角天涯。能留否，酴醾落尽，犹赖有梨花。

当年曾胜赏，生香熏袖，活火分茶。极目犹龙骄马，流水轻车。不怕风狂雨骤，恰才称，煮酒残花。如今也，不成怀抱，得似旧时那？

二　蝶恋花

这样的长夜，真不好过，去是想去的，怎样去呢？告诉他快些回来罢，大好的青春，不要孤负啊。

随便吃一杯呢，有点醉意有点酸意也活得有趣，不要笑我这个年纪还要戴花，不只我老了，春也快老呢？

原词　蝶恋花 上巳召亲族

永夜恹恹欢意少。空梦长安，认取长安道。为报今年春色好，花光月影宣相照。

随意杯盘虽草草。酒美梅酸，恰称人怀抱。醉莫插花花莫笑，可怜春似人将老。

三　怨王孙

困处在深闺，春要快去了，行人一点的消息都没有，寄一个信给他么？托谁寄呢？这怎么好。

多情的自然是什么都放不下，寒食又到了，这静悄，秋千也空着，只有向月亮浸着白白的梨花。

原词　怨王孙

帝里春晚，重门深院。草绿阶前，暮天雁断。楼上远信谁传？恨绵绵。

多情自是多沾惹，难拚舍，又是寒食也。秋千巷陌，人静皎月初斜，浸梨花。

四　浣溪沙

登楼一看，天气真好，不过春已远了，人还未归，触景伤怀，我真不愿意再看。

楼下呢，新竹也长成了，落花片片，给燕带到巢里，这都是伤心的，何况树上的杜鹃叫得尤其难听。

原词　浣溪沙

楼上晴天碧四垂。楼前芳草接天涯。劝君莫上最高梯。

新笋已成堂下竹，落花都上燕巢泥，忍听林表杜鹃啼。

五　减字木兰花

刚才向花担卖（买）得一枝春花，新鲜得很。泪珠般的朝露，还未干呢？

恐怕那个人会笑我“没有春花长得好看。”我要戴起来，定要他说出我好看还是花好看。

原词　减字木兰花

卖花担上，买得一枝春欲放。泪染轻匀，犹带彤霞晓露痕。

怕郎猜道，奴面不如花面好。云鬓斜簪，徒要教郎比并看。

六　品令

啊！秋雨来了，今年来得这样早呢？对着这黄昏雨景，那不能不吃一杯酒，写一首诗，莲花的季节快完了，莲房还小呢。

花草虽然有情，怎比得人情好呢，有一句话，我要待酒后向荷花问一问，“你比去年老了一些么，我呢？”

原词　品令

急雨惊秋晓。今岁较，秋风早。一觞一咏，更须莫负，晚风残照。可惜莲花已谢，莲房尚小。

汀蘋岸草。怎称得，人情好。有些言语，也待醉折，荷花问道。道与荷花，人比去年总老。

七　行香子

秋天的光景是不错的，不过我有一点伤感，看见菊花黄又晓得是重阳快到了。风也到了，雨也到了，凉也到了，不能不加一件衣吃一杯酒。

醉醒来又是黄昏的时候，孤另得可怕，凄凉得难过，这么长的夜，还有捣衣声，虫叫声，更漏声，震动耳鼓，打动心门，一个人对着明月怎睡得着呢？

原词　行香子

天与秋光，转转情伤。探金英，知近重阳。薄衣初试，绿蚁初尝。渐一番风，一番雨，一番凉。

黄昏院落，凄凄惶惶。酒醒时，往事愁肠。那堪永夜，明月空床。闻砧声捣，蛩声细，漏声长。

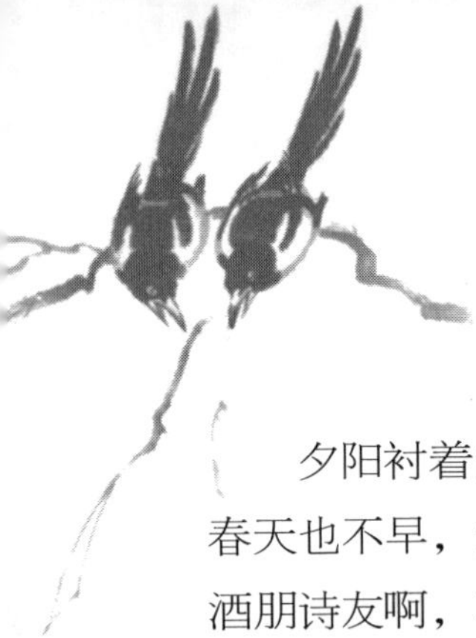

八　永遇乐

夕阳衬着的暮云特别艳丽，那人去的还未归。还有柳啊，梅啊，春天也不早，元宵快到，现在虽然晴和，到时候的风雨恐怕免不了，酒朋诗友啊，不要劳驾罢！

想起在中州时的快活日子，重阳啦，端五啦，说不尽的热闹，如今这个年头，打扮已经懒了，更说不到去逛，只管听着人家顽罢。

原词　永遇乐

落日熔金，暮云合璧，人在何处。染柳烟浓，吹梅笛怨，春意知几许。元宵佳节，融和天气，次第岂无风雨。来相召，香车宝马，谢他酒朋诗侣。

中州盛日，闺门多暇，记得偏重三五。铺翠冠儿，捻金雪柳，簇带争济楚。如今憔悴，风鬟霜鬓，怕见夜间出去。不如向，帘儿底下，听人笑语。

九　渔家傲

下雪了，春快来了，梅花也妆扮起来呢，好像半面美人儿刚才出浴的样子。

天公也很凑趣呢，你看这样好月亮，花前月下，怎好不吃一杯，何况对着这样好梅花。

原词　渔家傲

雪里已知春信至。寒梅点缀琼枝腻。香脸半开娇旖旎。当庭际。玉人浴出新妆洗。

造化可能偏有意。故教明月玲珑地。共赏金尊沉绿蚁。莫辞醉。此花不与群花比。

十　庆清朝慢

这一盘花长得像美人一般，天真可爱，教人怎不爱惜她，何况春花都已开过，越发觉得她的时妆一新，不单风啊月啊有些不自在，春皇为了她也不愿走呢。

所以东城的哥儿南乡的姐儿，都争着赏花去，不过赏花的酒吃过了，还有什么花要赏呢？假使能够挽留的话，一天早赏到晚，晚赏到早，我都愿意的。

原词　庆清朝慢

禁幄低张，彤阑巧护，就中独占残春。容华淡伫，绰约俱见天真。待得群花过后，一番风露晓妆新。妖娆艳态，妒风笑月，长殢东君。

东城边，南陌上，正日烘池馆，竞走香轮。绮筵散日，谁人可继芳尘。更好明光宫殿，几枝先近日边匀。金尊倒，拚了尽烛，不管黄昏。

十一　多丽 白菊

一个人独住小楼，又为秋天更觉寂寞，夜也特别长，管他呢，早睡罢，怎晓夜来风雨，无情地，打得花枝尽落，愁眉丧脸。只有菊花，越有风雨越发起劲，你看啊，一股清香，荼蘼不如呢？

不过秋也快还（完）了，花也觉得渐渐憔悴，怪可怜的，我倒有点依依不舍的样子，有什么办法呢，纵然是十分爱惜也爱惜不来啊，各处的菊花都不过如此，东篱不是一样吗？

原词　多丽 咏白菊

小楼寒，夜长帘幕低垂。恨萧萧，无情风雨，夜来揉损琼肌。也不似，贵妃醉脸，也不似，孙寿愁眉，韩令偷香，徐娘傅粉、莫将比拟未新奇。细看取，屈平陶令，风韵正相宜。微风起，清芬酝藉，不减酴醿。

渐秋阑，雪清玉瘦，向人无限依依。似愁凝，汉皋解佩，似泪洒、纨扇题诗。朗月清风，浓烟暗雨，天教憔悴度芳姿。纵爱惜，不知从此，留得几多时。人情好，何须更忆，泽畔东篱。

十二　满庭芳 残梅

躲起小阁来，日子虽然显长，也觉得深幽有趣。炉香已过，天也晚了，种的梅花很不错呀，何必要到外面看去？寂寞是寂寞一点，从前何先生在扬州时不是这样吗?

要晓得梅花不是讲热闹的，也经不起风雨，现在这样零落，我太难过了，由他去罢，感情是永远不能磨灭的，再到了有月亮的时候，对他的零落影子也一样可爱。

原词　满庭芳 残梅

小阁藏春，闲窗锁昼，画堂无限深幽。篆香烧尽，日影下帘钩。手种江梅更好，又何必，临水登楼。无人到，寂寥浑似，何逊在扬州。

从来知韵胜，难堪雨藉，不耐风揉。更谁家横笛，吹动浓愁。莫恨香消雪减，须信道，扫迹情留。难言处，良宵淡月，疏影尚风流。

（写于1924年前后。1985年《新文学史料》第4期。）

那一点神明的火焰

又是一个深夜，寂寞的深夜，在山中，
浓雾里不见月影，星光，就只我：
一个冥蒙的黑影，蹀躞的沉思，
沉思的蹀躞，在深夜，在山中，在雾里，
我想着世界，我的身世，懊怅，凄迷，
灭绝的希冀，又在我的心里惊悸，
摇曳，像雾里的草须：她在哪里?
啊！她；这深夜，这浓雾，淹没了
天外的星光与月彩，却遮不住
那一点的光明，永远的，永远的，像一星
宝石似的火花，在我灵魂的底里；我正愿，
我愿保持这不朽的灵光，直到那一天

时间要求我的尘埃，我的心停止了跳动，
在时间浩瀚的尘埃里，却还存着那一点——
那一点神明的火焰，跳动，光艳，
　不变
　不变！

（1925 年 3 月 25 日《晨报·文学旬刊》。）

诗　句

啊明月！你不减旧时的光辉——
　这橄榄林中泛滥着夜莺的欢畅，
啊明月，我也不减旧时的伤悲——
　你来照我枕边的泪痕清露似的滋长！

一九二五年夏，翡冷翠山中

（写于 1925 年夏。1925 年 12 月 1 日《晨报七周年纪念增刊》。）

给母亲

母亲，那还只是前天
我完全是你的，你唯一的儿；

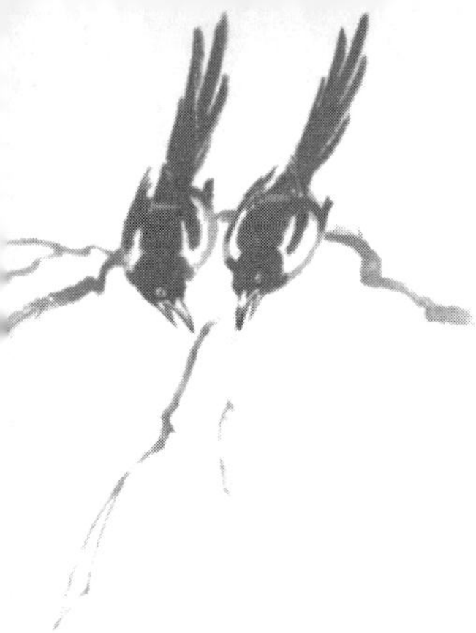

你那时是我思想与关切的中心：
太阳在天上，你在我的心里；
每回你病了，妈妈，如其医生们说病重，
我就忍不住背着你哭，
心想这世界的末日快来了；
那时我再没有更快活的时刻，除了
和你一床睡着，我亲爱的妈妈，
枕着你的臂膀，贴近你的胸膛，
跟着你和平的呼吸放心的睡熟，
正像是一个初离奶的小孩。

但在那二十几年间虽则那样真挚的忠心的爱，
我自己却并不知道；“爱”那个不顺口的字，
那时不在我的口边，
就这先天的一点孝心完全浸没了我的天性与生命。
这来的变化多大呀！
这不是说，真的，我不再爱你，
妈！或是爱你不比早年，那不是实情；
只是我新近懂得了爱，
再不像原先那天真的童子的爱，
这来是成人的爱了：
我，妈的孩子，已经醒起，并且觉悟了
这古怪的生命要求；

生命，它那进口的大门是
一座不灭的烈焰！爱——
谁要领略这里面的奥妙，
谁要觉着这里面的搏动，
（在我们中间能有几个到死不留遗憾的！）

就得投身进这焰腾腾的门内去——

但是，妈，亲爱的，让我今天明白的招认
对父母的爱，孝，不是爱的全部；
那是不够的，迟早有一天，
这“爱人”化的儿子会得不自主的
移转他那思想与关切的中心，
从他骨肉的来源，
到那唯一的灵魂，
他如今发现这是上帝的旨意
应得与他自己的融合成一体——

自今以后——
不必担心，亲爱的母亲，不必愁
你唯一的孩儿会得在情感上远着你们——
啊不，你正应得欢喜，妈妈呀！
因为他，你的儿，从今起能爱，
是的，能用双倍的力量来爱你，
他的忠心只是比先前益发的集中了；
因为他，你的孩儿，已经寻着了快乐，
身体与灵魂，
并且初次觉着这世界还是值得一住的，
他从没有这样想过，
人生也不是过分的刻薄——
他这来真的得着了他应有的名分，
因此他在感激与欢喜中竟想
赞美人生与宇宙了！

妈呀“我们俩”赤心的，联心的爱你，

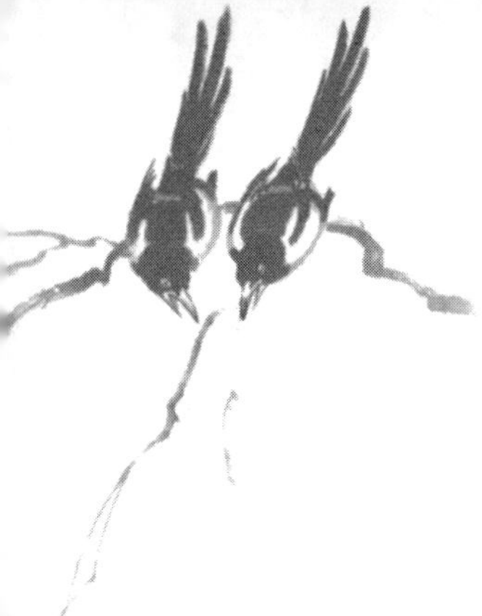

真真的爱你，
像一对同胞的稚鸽在睡醒时
爱白天的清光。

（写于1925年8月1日。1925年8月31日《晨报副刊》。）

一宿有话

真正老牌"迦门"[1]
那晚上车我的手提包里有烟，有糖，有橘子，蜜酒，
睡车每间两个床位，我的是上铺，他在下面。
你是日本人?
不。
中国人。
是的。
你喝威司克[2]？唉欧（他意思是沙达水[3]，不是威司克）？
不，多谢。抽烟。
你到巴黎去长住?
不。
我当过军官——在德皇御队里。
是的，那你打仗了?
从头到底——我一共打了七十二仗。
大英雄！你对敌是谁——是英是法?

① 迦门，民国时期上海人称德国人为"迦门人"，即"日耳曼"。
② 威司克，whiskey，今通译为威士忌，一种著名的烈酒。
③ 沙达水，疑为苏打水，一种软饮料。

全打过。

你杀死了多少人?

三千法国人，一千英国人。

谁会打些?

英国人；法国人不成。

为什么?

喝的太多，女人太多。

所以你杀了他们，还是看不起他们。法国女人呢?你们一定多的是机会。

喔要多少?她们可不干净你知道，洗得不够你知道。

司墨漆希，哈哈!

她们可长得好看不是?不比贵国人差对不对?

喔好看是有的，可没有用。她们不行，没有好身体，有病的你知道，不成。

你打了那么多仗，没有受伤?

喏你看!（他脱了褂子，剥开里衣，露出一个畸形的肩膀，骨胳像是全断了，凹下一个大坑，皮扭扭皱皱怪难看的。）

现在没有事了?

啊，你试试。（他伸出手臂，叫我摸他铁打似的栗子筋）我是一个打拳的。

你怎么受伤的?

开花弹炸破的。我在这儿站着，弹子炸了，正当着我面，我赶快旋转身这里着了。

你倒了没有?

一点也不倒。

那你得进医院?

是的，在医院住五个星期，又回家去五个星期，那是十七年的年底。

下年正月我又回前敌去打。又弄死了不少法国人。

你是步队？

是的，步队；我打汤克（Tank）[①]。

怎么打法——汤克不是顶可怕的吗？

先打他的正面，再打旁面，打中就破了——我带了十三个大的。

你打了美国兵没有？

没有，我们打法国黑兵，顶没有用，比小鸡还容易捉。

再抽烟，请。你现在做什么事？

做生意——衣服生意。你看我身上的就是我自己店里的。

你还愿意打仗吗？

当然，十年内你看着，德国打败英国法国。

怎么打法？

俄国人会得帮我们。他们先拿波兰，法国人的左腿就破了。

啊那你少不了中国人帮忙！

不错不错，日耳曼，俄罗斯，支那联成一起，全世界翻身，法国“卡波脱”（破），日本卡波脱，美国卡波脱，英国更不用提了。

你也不爱日本？

不，日本人不成，他们自己没有文化，有文化就是支那德意志，日本人是猴子。

喝蜜酒吧，请，祝福我们将来联合的胜利。

再来一杯。

你有家了没有？

你问我有老婆？没有没有，有了家没有自由，我做生意，今天到这里，明天到那里，有了家就……（他想不出字）

Handicapped[②]？

① 汤克（Tank），今通译为坦克。

② Handicapped，英语，意为有生理缺陷的、残障的、智力低下的。

啊不错，Handicapped！你看我的身体多好！你有刀吗？（他低了头去到表链上去解小刀，我看着他光秃的头顶，有三个大疤，像老寿星的头，我忍不住笑了。）

你笑什么？

我笑法国人。（这时候他已经把小刀剥开，拿着刀尖叫我摸他的锋利，我莫名其妙）

刀尖快不快？

快。

你看。（他伸出他的右腿，进着气，手拿着刀，尖头向下，提得高高地，撒手，刀尖着股，咄的一声，弹下了地去，像是碰着了一块有弹性的金属，再来一次）

了不得，了不得！（他得意笑了，头皮发亮）好汉！所以你不爱女色？

喔有时候，女人多的是，我们付钱，她们爱——哈哈。可是打仗顶好玩，比女人还有趣。

我信，所以你只盼望再打？你的政党是德意志国民党？

当然，你看这三色的党徽。

你看这次选举谁有希望？

胜利一定是我们——兴登堡[1]将军顶好。

你崇拜他？

一百分。

好，我们再喝酒，祝你们政党的胜利。

昨晚柏林有好戏你看了没有？（他问）

“Oscar wide[2]”？那是第一晚，我嫌贵没有去，你去了？

去了。

做得好？

① 兴登堡，即保罗·冯·兴登堡（1847—1934），德国陆军元帅和政治家，1925年起担任魏玛共和国第二任总统。

② Oscar wide，疑为Oscar Wilde，即奥斯卡·王尔德（1854—1900），英国著名剧作家、诗人、散文家。

不错。槐尔德[①]——的事情你信不信？
许有的，他就好奇。
好奇？我看是人的天性。你们中国有没有？
变例自然到处有；德国怎么样？
时行得很。没有什么希奇，学校里，军队里，柏林有俱乐部，
　你知道吗？
不知道，所以你们竟不以为奇？
一点也不，你到 München[②] 去住几时就知道了。
吓，你们德国人真是伟大的民族！时候不早了，
休息吧，夜安。

这是我从柏林到巴黎那晚车上我自以为有趣的谈话，当晚我说过晚安上床去在枕上就记下了一些（英文），今天无意中检看，觉得还是有趣，所以翻了出来，但你们却不要误会以为德国全是这样，蠢，粗，忍，变性的，虽则像他同样脑筋的一定不少，要不然兴登堡将军哪里会有机会。我在这里又碰到一个德国人，他是我的好友，与那位先生刚巧相反。（他是打了四年的仗，但他恨极了打仗。）他是一个深思的、勤学、爱和平、有见地、敦厚、可亲的一个少年。只可惜一个人教育入了骨髓，思想有了分寸，他的外表的趣味就淡，你替他写照就不易，不比那位先生开口见喉咙，粗极，也有趣极，他想拿刀尖来扎腿的那类手势，在文明社会里，是否不可多得。

志摩　斐冷翠山中

六月七日

（1925 年 8 月 5 日《晨报·文学旬刊》。）

① 槐尔德，即前文所说的王尔德。
② München，德语，即慕尼黑，德国巴伐利亚自由州首府。

四行诗一首

忧愁他整天拉着我的心，
像一个琴师操练他的琴；
悲哀像是海礁间的飞涛：
看他那汹涌，听他那呼号！

（写于1925年8月21日。1925年8月24日《晨报副刊》。）

再不迟疑

我不辞痛苦，因为我要认识你，上帝；
我甘心，甘心在火焰里存身，
到最后那时辰见我的真，
见我的真，我定了主意，上帝，再不迟疑！
……
我再不想成仙，蓬莱不是我的分；
我只要这地面，情愿安分的做人。

（1925年10月5日《晨报副刊》。）

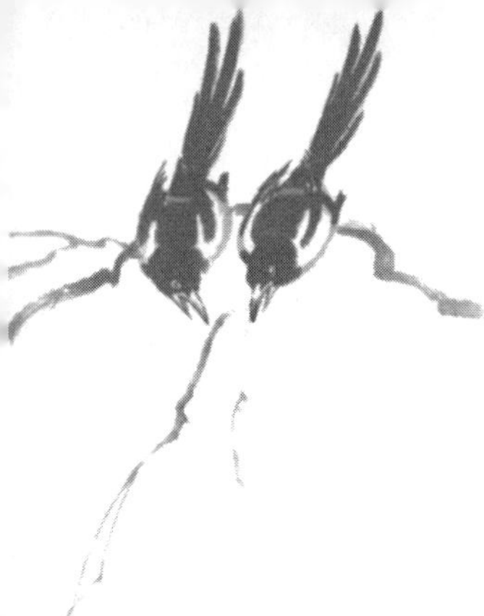

再不想望高远的天国

我心头平添了一块肉，
这辈子算有了归宿！
　看白云在天际飞，
　听雀儿在枝上啼。
　忍不住感恩的热泪，
我喊一声天，我从此知足！
再不想望高远的天国！

（写于1926年2月23日。）

“拿回吧，劳驾，先生”

啊，果然有今天，就不算如愿，
她这“我求你”也就够可怜！
“我求你，”她信上说，“我的朋友，
给我一个快电，单说你平安，
多少也叫我心宽。”叫她心宽！
扯来她忘不了的还是我——我，
虽则她的傲气从不肯认服；
害得我多苦，这几年叫痛苦
带住了我，像磨面似的尽磨！
还不快发电去，傻子，说太显——

或许不便，但也不妨占一点
颜色，叫她明白我不曾改变，
咳何止，这炉火更旺似从前！

我已经靠在发电处的窗前，
震震的手写来震震的情电，
递给收电的那位先生，问这
该多少钱，但他看了看电文，
又看我一眼，迟疑的说：“先生，
您没重打吧？方才半点钟前，
有一位年轻的先生也来发电，
那地址，那人名，全跟这一样，
还有那电文，我记得对，我想，
也是这……先生，您明白，反正
意思相似，就这签名不一样！”
“呒！是吗？噢，可不是，我真是昏！
发了又重发；拿回吧！劳驾，先生。”

（1926 年 6 月 3 日《晨报副刊·诗镌》第 10 号。）

秋　阳

这秋阳——他仿佛叫你想起什么。一个老友的笑容或是你故乡的山水。你看他多镇静，多自在，多可亲爱。在半枯的草地上躺着，在斑驳的树枝上挂着，在水面浮着。

你直想伸手去把他掏些在掌心里，朵着嘴去亲他一口。

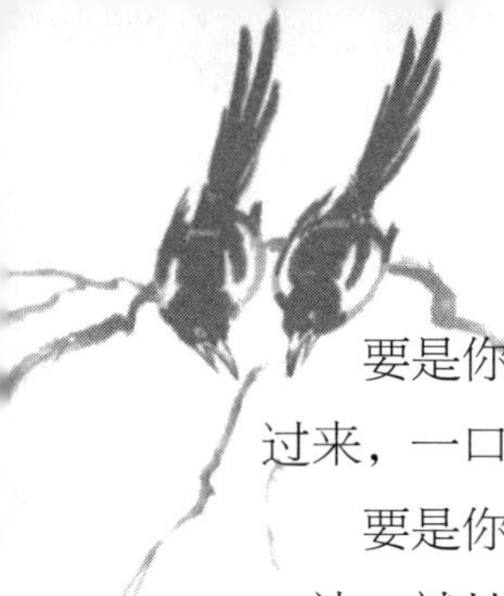

要是你是一颗露水，低低的蹲在草瓣上，他就从东边的树荫里窜过来，一口噙住了你，叫你一肚子透明的思想显得分外透明。

要是你是一只长脊背的翠鸟翘着尾巴，从湖的这边平掠到湖的那一边，就从水面上跳起来在你的羽毛上飞快的印下几颗闪亮的金星。

不错，他是一个有心思有恩情的——好朋友。他不嫌农家的稻草，他一样摩挲长得不丰绽的鲜果。他想法儿去拜会你阁楼上的破旧零星。

你一个人坐在屋子里沉思的时候，他隔着窗户在跨着墙的青藤上含着最甜蜜的微笑望着你，意思说：“别愁，朋友，有我在陪着你哪。”

月亮也是有恩情的，但他的更来得殷勤，又好在不露痕迹。他不是派一个戴银帽的当差高高的擎着片子说某人送礼来了的那一套，他来就来了，不铺张的，也不让你觉得他轻盈的脚步，也不让你欠身起来让坐。

真的，他来就来了，拿着满满的一团温暖给揾在你的脸上，安在你的手上，窝在你的心里。

“留着，别让。”他仿佛说，“这是你的，咱们家里有着哪！”

在花丛里寻香的蝴蝶，懂得他的无限的柔媚。你别淌眼泪，他要你窝在心里，留着……

（1928 年 1 月《秋野》第 2 期。）

贺寿诗（五言古风）

照颜范滂传，
髯苏母所督。
汉宋两贤媛，
先后耀嘉淑。
渊渊夫人穆，

与以分鼎足。
相夫一片心，
相偕挽车鹿。
脱簪添膏火，
学成举芳躅。
倾囊育英才，
天启后来福。
有子况范苏，
舆台视潘陆。
白头两伉俪，
堂上灯花卜。
今日进一辞，
更为期颐祝。

（写于 1929 年 11 月。《山西文学》2004 年第 12 期。）

为的是

女人：
我对你祈祷，
我对你礼拜，
我对你乞讨，——
　　为的是……

女人：
我为你发痴。

我为你颓废，
我为你做诗，——
　　为的是……

女人：
我拿你咒骂，
我拿你凌迟，
我拿你践踏，——
　　为的是……

（1930年6月上海《金屋月刊》第9、10期合刊。）

《出其东门》白话写意

出门溜一趟，
遇见了许多标致的女郎！
虽然有那么多标致的女郎，
全不放在我心上！

原文：
出其东门，
有女如云，
虽则如云，
匪我思存。

（约写于任教光华大学时期。1948年3月27日《大公报》大公园副刊。）

小诗一首

我羡慕
　　他的勇敢，
一点亮
透出黑暗！

他只有
　　那一闪的焰，
但不问
　　宇宙的深浅。

多微弱
　　他那点光，
寂寞的，在
　　黑夜里彷徨！

（1931 年 4 月 15 日《北大学生周刊》第 1 卷第 10 期。）

答叔鲁先生

隐处西楼已半春，
绸缪未许有情人。
非关木石无恩意，

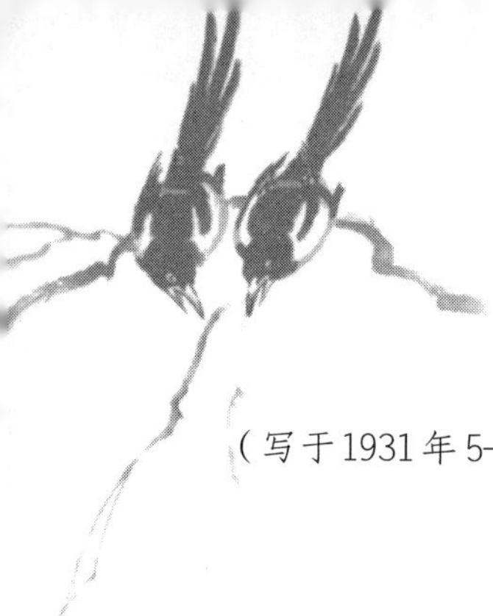

为恐东厢满醋瓶。

（写于1931年5—6月间。1964年12月台北商务印书馆《胡适之先生诗歌手迹》。）

荒凉的城子

我眼前暗沉沉的地面，
　　我眼前暗森森的诸天。
她，——我心爱的，哪里去了，——那女子，
　　她的眼明星似的闪耀？
我眼前一片凄凉的街市。
我眼前一片凄凉的城子。
灾难后的城子，只剩有
　　剐残的人尸。
黎明时我忧忡忡的起身，
　　打开我的窗棂，
进来的却不是光明，进来的
　　是鲜明的爱情。
树枝上的鸟雀已经苏醒起，
　　我倾听他们的歌音；
他们各自呼唤着他们的恋情；
　　就只我是孤身。

这是生命与快乐的时辰，
　　我在我心里说话。
各个的生物有他的欢欣，

　　在阳光中过他的生活，
他们在各个同伴的眼内寻着。
　　光明，那怜惜的光明，
这是相互怜惜的时候，这是
　　相互爱恋的光阴。

说话呀！荒凉的城子！说话呀！
　　凄凉中的寂静！
她，我挚爱的，哪里去了，
　　她，认识我的魂灵？
那热情的眼如今在哪里？
　　曾经对着我的眼含情的凝睇？
那亲吻我的香唇如今在哪里？
　　在那里，那酥胸曾经我的
　　　胸怀偎依？
说话呀，你我灵魂的灵魂：
　　我心里的情怀已经默起，
告诉我，在那毁灭与恐怖的日子
　　你遁迹在哪里？
看呀，我的手臂依旧抱着你，
　　抱着你是抱着天体，
看呀，我的心愿依旧靠傍着你，
　　我的心愿充塞着大地。

我不禁在忧伤中悲诉，
　　我离开了窗前，我转过身去，
我向着楼梯，走出门去
　　走上空虚的街去，
在忧伤中放声的哀恸，

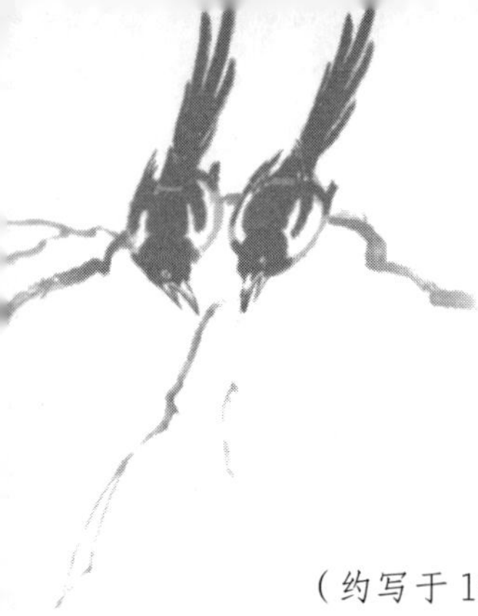

可怜再没有人责我的过戾，
谁嘲讽我的软弱，更有
谁怜悯我的眼泪？

（约写于 1925 年前后。1983 年香港商务印书馆《徐志摩全集》第 1 辑。）

在车中

这回爬上乌拉尔的高冈，哈哈，
紫色的黄昏罩，三千里路的松林；
这边是亚细亚，那边是欧罗巴——
巨蟒似的青烟蜒，蜒上了乌拉山顶。
回望你那从来处的东——啊东方！
那一顶没有颜色的睡帽——西伯利亚，
深林住一个焦黄的老儿头——啊老黄，
你睡够了啊，为什么老是这欠哈？

再看那欧罗巴；堪怜的破罗马
拿破仑的铁蹄；威廉皇的炮弹花；
莱茵河边的青草；一个折烂了的玩偶之家！
阿尔帕斯的白雪，啊，莫斯科的红霞！

（约写于 1925 年春。1983 年香港商务印书馆《徐志摩全集》第 1 辑。）

醒！醒！

和霭的春光，
充满了鸳鸯的池塘；
快辞别寂寞的梦乡，
来和我摸一会鱼儿，折一枝海棠。

（写于1927年前后。1983年香港商务印书馆《徐志摩全集》第1辑。）